# LE 3e CHAMPIGNON

**Aussi de Jennifer L. Holm**

*Le 14ᵉ poisson rouge*

**De Jennifer L. Holm et Matthew Holm**

*Coup de Soleil*
*Vas-y, Soleil*

La collection *Ma première BD*

*Solo le soleil*
*Noé le nuage*

La collection *Mini-Souris*

Nᵒ 1 *Mini-Souris : Reine du monde*
Nᵒ 2 *Mini-Souris : Notre championne*
Nᵒ 3 *Mini-Souris : À la plage*
Nᵒ 4 *Mini-Souris : Vedette rock*
Nᵒ 5 *Mini-Souris : Brise-cœur*
Nᵒ 6 *Mini-Souris : Campeuse étoile*
Nᵒ 7 *Mini-Souris : Sur ses patins*
Nᵒ 8 *Mini-Souris : Un amour de chiot*
Nᵒ 9 *Mini-Souris : Prête pour l'Halloween*

# LE 3e CHAMPIGNON

## JENNIFER L. HOLM

### TEXTE FRANÇAIS DE MARIE HERMET

■SCHOLASTIC

Catalogage avant publication de Bibliothèque et Archives Canada

Holm, Jennifer L.
[Third mushroom. Français]
Le 3ᵉ champignon / Jennifer L. Holm; texte français de Marie Hermet.

Traduction de: The third mushroom.
ISBN 978-1-4431-7413-8 (couverture souple)

I. Titre. II. Titre: Troisième champignon. II. Titre: Third mushroom.
Français.

PZ23.H638Tr 2019          j813'.6          C2018-905123-X

Édition publiée par les Éditions Scholastic,
604, rue King Ouest, Toronto (Ontario)  M5V 1E1 CANADA.

5 4 3 2 1    Imprimé au Canada  139    19 20 21 22 23

Références photographiques : p. 233 © Jennifer L. Holm, p. 236 © Science
History Images/Alamy Stock Photo, p. 239 © Keystone Pictures USA/Alamy
Stock Photo, p. 241 © Pictorial Press Ltd/Alamy Stock Photo, p. 243 ©
Classic Image/Alamy Stock Photo, p. 245 © Pictorial Press Ltd/Alamy Stock
Photo, p. 247 © gravure d'Alan King/Alamy Stock Photo.

FSC
www.fsc.org

MIXTE
Papier issu de
sources responsables
FSC® C103567

*Pour M. Frink*

# Table des matières

*« On trouve parfois ce qu'on ne cherche pas. »*
*— Alexander Fleming*

# La guerre des champignons

C'est peut-être parce que je suis enfant unique, mais mes parents sont légèrement obsédés par ce que je mange. Ils insistent pour que je goûte à tout ce qui est dans mon assiette. Pour que je mange comme eux. Pas de menu enfant avec filets de poulet pour moi. S'ils mangent des calamars ou des foies de volaille, alors moi aussi.

Et en fait, ça marche. J'aime tout. Quand on grandit comme moi dans la baie de San Francisco, on prend vite l'habitude d'un tas de cuisines différentes. J'ai goûté à des recettes indiennes, birmanes, mexicaines, chinoises, péruviennes, vietnamiennes, tout ce que vous voudrez. J'adore même les sushis, les vrais, au poisson cru.

Mes parents eux-mêmes l'admettent : je n'ai jamais été difficile, sauf pour une chose.

Les champignons.

La première fois que j'ai goûté à un champignon, j'étais à la maternelle. Mes parents sont divorcés, mais ils s'entendent bien, et nous soupons en famille une fois par semaine.

Nous étions donc dans notre restaurant italien préféré et ma mère avait commandé un grand plat de raviolis pour trois. Comme j'adorais toutes les pâtes, j'étais heureuse.

Et puis, j'ai goûté.

Dans mes tout mignons carrés de pâte, au lieu d'une garniture de fromage fondant, j'ai trouvé, horrifiée, des morceaux brunâtres. Le goût était abominable. C'était un goût de terre.

— Qu'est-ce que c'est que ça? ai-je demandé.

— Des raviolis aux champignons. Tu n'aimes

pas ça?

Muette, j'ai fait signe que non.

Mes parents ont semblé un peu déçus.

La deuxième fois que j'ai essayé, c'était dans un restaurant chinois. Nous avions vu une pièce de théâtre, il était tard, j'avais faim. Mes parents en ont profité pour me convaincre de prendre du poulet aux champignons.

— Essaie des choses nouvelles, m'ont-ils dit.

Cette fois, les champignons avaient la texture du caoutchouc visqueux. Quel était le but? Pourquoi manger quelque chose d'aussi dégoûtant que des champignons?

Je ne suis pas morte de faim. (J'ai mangé le riz blanc et les petits biscuits chinois.) Mais j'étais contrariée, à cause de ma seconde expérience avec les champignons.

Ce jour-là, j'ai décidé que plus jamais je ne mangerais un seul champignon.

C'est là que la guerre des champignons a commencé.

Mes parents ont décidé que me les faire manger serait leur défi personnel. Ils ont commencé à en mettre partout. Dans le wok de légumes sautés, dans les lasagnes, dans la salade. Ils se sont imaginé que j'allais céder et les manger.

Mais je ne risquais pas de faire *cette erreur* une autre fois.

À la fin, mes parents ont laissé tomber, et j'ai gagné la guerre des champignons. Ils se sont concentrés sur les choux de Bruxelles, qui ne méritent pas leur mauvaise réputation, selon moi.

Au fil des années, il leur est parfois arrivé de servir des champignons. Chaque fois, je les ai repérés, sélectionnés et soigneusement déposés sur le rebord de mon assiette.

Au moins, personne n'allait dire que j'avais de mauvaises manières à table.

# Le cambrioleur

Ma mère et moi adorons regarder les drames judiciaires. Elle dit que ce sont d'excellentes études psychologiques. Elle adore les scènes où les avocats déploient leurs arguments, surtout quand ils crient « Objection! » Ma mère enseigne le théâtre dans une école secondaire, elle adore tout ce qui est dramatique.

Même si les avocats sont intéressants, ces temps-ci ma sympathie va plutôt aux criminels. Parce que je sais exactement dans quel état d'esprit ils se trouvent. L'école secondaire, c'est exactement comme une prison : les menus sont affreux, on vous force à faire de l'éducation physique, et tous les jours, c'est la même routine mortellement ennuyeuse. Surtout, ce sont les bâtiments scolaires qui vous donnent l'impression d'être en prison : il n'y a pas de couleurs, pas de style, et tout sent la vieille chaussette.

Les seules exceptions, ce sont les laboratoires de sciences. Les salles ont été refaites l'été dernier; elles ressemblent à la version hollywoodienne d'un labo haute technologie. Mon enseignant, M. Boineau, n'a rien d'une vedette de cinéma, en revanche. Il est jeune, et il ne porte pas de blouse blanche, mais des vestes et des cravates aux couleurs criardes et aux motifs idiots. C'est la deuxième année que je l'ai comme enseignant.

— Cette année, notre école va accueillir la foire scientifique régionale, nous annonce-t-il. Je vous encourage tous vivement à participer. Vous obtiendrez un crédit supplémentaire. Si vous avez envie de faire équipe et de travailler à deux, ça ne pose aucun problème.

Je suis tentée de participer, même si mes notes sont déjà bonnes. C'est à cause de mon grand-père Melvin. Je sais que ça lui plairait parce qu'il est un scientifique.

Je n'ai pas vu mon grand-père depuis plus d'un an. Il traverse les États-Unis en autocar. Ce sont des vacances prolongées. Il me manque beaucoup. Même ses chaussettes noires de vieux monsieur me manquent. Et sa façon de commander du *moo goo gai pan* (poulet sauté aux champignons) dans tous les restaurants chinois et de voler les petits sachets de sauce de soya. Mais surtout, ce qui me manque, c'est nos conversations. Il est autoritaire, têtu comme une mule et il est persuadé d'être plus intelligent que tout le monde parce qu'il a deux doctorats.

Et il a peut-être raison.

*

Quand la cloche sonne, tous les élèves se précipitent dehors comme s'ils étaient libérés de prison.

Je repère Raj près de mon casier. C'est difficile de ne pas le repérer de loin : il est si grand et élancé qu'il domine les autres élèves d'une tête au moins. Mais ce n'est pas la seule raison pour laquelle on le remarque : Raj a un style gothique des pieds à la tête. Nez et sourcils percés, habillé en noir avec ses Doc Martens aux pieds, il a toute la tenue. Même ses cheveux, noirs aussi et rayés d'une mèche bleu vif, arrêtent le regard et lui donnent des airs de magicien.

— Salut, dis-je.

Il a les yeux rivés sur mon crâne.

— Alors, comme ça, tu as décidé de ne pas le faire? me demande-t-il.

C'était une idée à moi. Je voulais changer quelque chose. Sortir du lot. Avoir l'air différente. Mes cheveux n'ont rien d'extraordinaire, alors j'avais décidé de les teindre. Ma mère trouvait ça génial. Elle passe son temps à teindre ses cheveux de toutes les couleurs de l'arc-en-ciel, et d'après elle, c'est très facile.

Quand même, j'étais un peu inquiète. Ce n'était pas un pas facile à franchir.

Raj m'a suggéré de faire simplement une mèche. Une seule. Il ferait comme moi, pour m'encourager, entre amis.

Nous avons discuté de couleurs possibles pendant des jours. Il aimait bien l'idée d'une mèche rouge. Je penchais plutôt pour le rose. Nous étions d'accord pour éviter le vert (une couleur qui ne va qu'aux farfadets). Pour finir, nous avons arrêté notre choix sur le bleu.

Mais quand je suis allée chez le coiffeur le week-end dernier, j'ai paniqué. Et si c'était une erreur? Si j'allais devenir affreuse avec une mèche bleue? Comme un genre de mouffette bleue?

Finalement, je me suis fait couper les cheveux comme d'habitude (deux centimètres, pas plus) et je n'ai pas demandé de couleur.

— Je n'ai pas pu, dis-je.

— Ça ne fait rien, répond gentiment Raj.

— Tu n'es pas fâché?

— Mais non, enfin.

Je me sens tout de suite mieux. Raj ne mentirait pas.

C'est mon meilleur ami. Je connais le code de son casier et il connaît le mien.

Il n'a pas toujours été mon meilleur ami. C'est

arrivé au cours de l'année dernière. Ma mère dit qu'avoir un ami, c'est comme apprendre à parler une langue étrangère. On tâtonne longtemps en cherchant les mots justes, et puis un jour un déclic se produit et on comprend tout.

— J'ai un tournoi avec mon club d'échecs la semaine prochaine, dit Raj. Je me demandais si tu voulais venir? Ça se passe ici, à l'école, dans la salle polyvalente.

— Bien sûr!

Je n'ai encore jamais assisté à un tournoi d'échecs. Raj sourit.

— Super. Bon, alors, j'y vais. Je file au club justement. À tout à l'heure.

— Salut!

Je le regarde disparaître dans la foule.

*

Parfois, je me demande si ma vie aurait été différente avec des frères et sœurs. Mes parents ont tendance à être un peu trop sur mon dos. J'ai remarqué que les parents de familles nombreuses sont plus détendus. Ma copine Brianna est la plus jeune de quatre enfants, et quand elle a eu dix ans, elle a eu l'autorisation de rester seule chez elle. Moi? J'ai toujours eu un gardien ou une gardienne jusqu'à l'année dernière.

Cette année, ma mère a enfin cédé :

— Quand tu rentres de l'école, il faut que tu me préviennes par texto à la minute où tu arrives à la maison, a-t-elle tout de même précisé.

J'ai été obligée de le lui promettre.

Ça ne m'inquiète pas du tout de rentrer seule dans une maison vide parce que je sais que Jonas est là, et qu'il m'attend.

Jonas, c'est notre chat.

Même si j'ai toujours voulu un chien, je dois reconnaître que Jonas est un chat parfait. Il est arrivé chez nous propre et ne se fait jamais les griffes sur les meubles. Nous l'avons adopté dans un refuge du voisinage. Le jour où nous y sommes allés, il y avait des chatons adorables partout. Mais je n'avais d'yeux que pour le chat gris plus âgé, très calme, qui nous fixait dans son coin. Il avait quelque chose, celui-là. La responsable du refuge nous a expliqué qu'il était là depuis longtemps. Il avait sans doute été abandonné par quelqu'un qui avait déménagé. Incroyable. Les gens laissent parfois leurs animaux comme ils laisseraient un vieux sofa. Ce jour-là, nous sommes repartis avec lui.

Quand j'arrive au bout de l'allée qui mène au garage, je vois Jonas qui m'attend sous le porche. Il vient s'enrouler autour de mes jambes. Je lui demande :

— Comment va mon gardien préféré?

C'est notre petite blague. J'ouvre la porte et j'envoie un texto à ma mère pour lui signaler que je suis rentrée.

La maison est silencieuse. J'enlève mes chaussures et je laisse tomber mes clés dans le bol posé sur la commode de l'entrée. Il est plein de billets de cinéma, de vieux rouges à lèvres à moitié fondus et de boucles d'oreilles dépareillées. Depuis que ma mère a épousé Ben, des objets masculins se sont glissés dans le fouillis : des boutons de manchette, des tickets de nettoyage à sec et des pastilles de menthe forte.

Je me dirige vers la cuisine. Une odeur de burritos réchauffés flotte dans l'air. C'est bizarre :

c'est moi la dévoreuse de burritos dans la maison, pas ma mère. Et de toute façon, elle n'est pas là : elle répète la nouvelle pièce de son école secondaire.

— Maman?

Personne.

Sur le comptoir de la cuisine, j'aperçois une boîte de burritos vide, à côté d'un berlingot de lait d'amandes.

Je n'aurais jamais laissé un berlingot de lait d'amandes ouvert sur le comptoir. Jamais.

C'est alors que je comprends : il y a quelqu'un dans la maison!

Et ce *quelqu'un* boit notre lait et mange nos réserves de burritos congelés.

Pendant un court instant, je trouve ça mignon, un peu comme Boucle d'Or et les trois ours. Et puis mon regard tombe sur la porte de derrière, celle qui mène à notre petite terrasse. La vitre a été fracassée à la hauteur de la poignée. Il y a du verre partout! Je comprends à ce moment-là que je n'ai pas affaire à une mignonne petite fille blonde et bouclée, qui entre chez nous pour manger le gruau et dormir dans les lits. Non, j'ai affaire à quelqu'un qui casse les portes vitrées.

Un criminel, un vrai. Grandeur nature.

Je sors mon téléphone et je compose très vite le numéro.

— Ici le 911. Quel est votre problème? demande une voix.

— Quelqu'un est entré chez moi, je chuchote.

— Es-tu seule? demande la voix, très calme.

— Oui! Enfin, je veux dire, non! dis-je en bafouillant. La personne qui est entrée est peut-être encore là! Elle a mangé les burritos!

— Es-tu près d'une porte de sortie?

Je réfléchis une seconde. Je ne veux pas rester près de la porte cassée, au cas où l'intrus serait encore là.

— Euh… Oui! La porte d'entrée!

— Essaie d'aller dehors, tout en restant en ligne.

Je chuchote :

— Bien reçu.

C'est quelque chose qu'un policier pourrait dire. Je crois que je regarde un peu trop de séries policières.

Je me glisse dans le couloir. J'ai presque atteint la porte quand j'entends un bruit qui me cloue sur place : c'est celui de la chasse d'eau.

*Le cambrioleur est dans la salle de bains?*

Ensuite, j'entends quelqu'un s'asperger d'eau au robinet du lavabo. *Au moins, c'est quelqu'un qui a une bonne hygiène,* me dis-je. Mes pensées s'affolent dans ma tête. Je voudrais m'enfuir, mais mes pieds sont collés au sol.

La porte de la salle de bains s'ouvre avec fracas et je reste figée.

Un garçon aux cheveux longs attachés en queue-de-cheval sort, une expression renfrognée sur le visage. Il porte un pantalon de toile kaki, une chemise à col droit, et des mocassins... *avec des chaussettes noires.*

— J'ai besoin du déboucheur, annonce-t-il. La toilette est encore bouchée.

La voix de mon interlocutrice, au 911, me réveille brusquement de ma stupeur.

— Vous êtes toujours là?

J'expire lentement, le téléphone collé à l'oreille.

— Ce n'est rien. C'est juste mon grand-père.

# Boucle d'Or

Je dois expliquer à mon interlocutrice que l'intrus est vraiment mon grand-père.

— Vous êtes sûre? me demande-t-elle.

— Oui. Absolument. Il était à la salle de bains pendant tout ce temps.

La standardiste se met à rire.

— Mon père fait pareil, il y reste des heures. Ça doit être un truc de personnes âgées.

Je raccroche et je me précipite vers le couloir.

— Grand-papa!

Je le serre dans mes bras.

Il le tolère un moment, mais très vite son visage prend une expression contrariée.

— Tu savais que la clé de la porte d'entrée ne marche plus? J'ai voulu passer par la chatière, mais c'était trop petit. Alors je n'ai pas eu le choix, j'ai été obligé de casser la vitre.

— Maman ne va pas être contente.

— Mais ce n'est pas ma faute! Qui a changé les serrures?

— C'est Ben. Il prend la sécurité très au sérieux.

Ça le fait ricaner.

— S'il prenait ça vraiment au sérieux, je n'aurais pas réussi à entrer aussi facilement!

Mon grand-père a vraiment tout d'un ado belliqueux : l'allure et la façon de parler. En réalité, il a soixante-dix-sept ans. Je sais, ça paraît assez bizarre, mais c'est la vérité : mon grand-père a découvert un moyen d'effacer les signes du vieillissement, et il l'a expérimenté sur lui-même.

— Où est ta gardienne? me demande-t-il.

— Maman dit que je suis assez grande pour

rester seule à la maison maintenant. Je suis en septième année!

— Hum...

Son visage en dit long sur ce qu'il pense : il n'est pas du tout d'accord avec ma mère. Mais ce n'est pas nouveau : en réalité, il n'est jamais d'accord avec elle sur rien. C'est un scientifique pur et dur, et elle fait du théâtre. On ne peut pas faire plus dissemblables que ces deux-là.

— Tu es là, c'est génial, je n'y crois pas!

— Oui, bon, je voulais faire la lessive.

— La lessive?

— Voilà un an que je vis avec une seule valise. J'ai *beaucoup* de linge sale.

Je jette un coup d'œil dans la buanderie. Il ne plaisantait pas : posée sur la machine, je vois une pile de linge sale qui monte jusqu'au plafond.

— Bon, et puis tu me manquais un peu, aussi, avoue grand-papa en regardant ses pieds.

Des coups brusques frappés à la porte nous font sursauter. Je vais ouvrir. Une grande policière est sur le seuil, l'air grave.

— Vous avez appelé le 911?

— Euh... oui. Mais tout va bien maintenant. Mon grand-père vient me rejoindre.

— Qui est là?

— C'est la police, lui dis-je à voix basse. Je l'ai appelée quand j'ai trouvé la porte cassée, je ne savais pas que c'était toi.

— Et qui êtes-vous? lui demande la policière, qui dévisage ses cheveux longs.

— Je suis son cousin, dit grand-papa.

C'est l'histoire que nous avons racontée quand il a vécu avec nous, après avoir essayé sa molécule du rajeunissement.

— Mon grand-père l'a déposé, j'explique, mais il avait oublié ses clés.

— Je vois, dit-elle. Eh bien, n'oubliez plus vos clés à l'avenir, d'accord?

Je réponds pour lui.

— Non, non, c'est promis, ça n'arrivera plus!

Le cœur battant à tout rompre, je regarde la voiture de patrouille s'éloigner. Mais mon grand-père, lui, semble parfaitement décontracté.

— Tu crois qu'il reste des burritos au congélateur? me demande-t-il.

19

Maintenant, il est debout devant la table de la cuisine, la bouche pleine de burritos.

— Au fait, dis-moi, as-tu reçu des colis pour moi? me demande-t-il.

— Il en est arrivé un il y a un moment. Je crois que ça venait des Philippines.

C'est arrivé dans une glacière, avec des instructions : il fallait le mettre immédiatement au congélateur.

Le visage de grand-papa prend une couleur cireuse.

— Et qu'est-ce que tu en as fait?

— Je l'ai mis dans le grand congélateur du garage.

— C'est très bien. Et dis-moi, as-tu vu mon blogue?

— Tu as un blogue? Il s'appelle comment?

— C'est www.MelvinSagarskya2doctorats.com.

Pas mal, comme nom de blogue.

À cet instant précis, j'entends le raclement métallique de la porte du garage qui s'ouvre. Une minute plus tard, ma mère entre, un sac de notre restaurant chinois préféré à la main. Ses cheveux sont décolorés en blanc, et elle porte l'une de ses tenues habituelles : une jupe écossaise avec des bottes et un tee-shirt qui proclame :

## HAMLET : JE VOIS DES MORTS

— Élise! C'est toi qui as laissé toute une pile de linge sale qui pue sur la laveuse? Tu sais pourtant que c'est...

Sa voix s'éteint.

— C'est à moi, dit grand-papa.

La bouche de ma mère s'arrondit de stupeur.

— Papa! Tu es là!

— Excellents talents d'observation, dit-il.

Elle hoche la tête, sidérée.

— Tu sais, il y a une invention dingue qui s'appelle un téléphone cellulaire. Il me semble bien me rappeler t'en avoir offert un.

— Vous autres, vous passez votre vie, le nez dans votre téléphone cellulaire. Moi, ça m'ennuie. Et puis, l'écran est cassé.

Ma mère a quand même l'air relativement

contente de le voir. Elle le prend dans ses bras.

— J'ai l'impression que tu as grandi, papa, remarque-t-elle en lui ébouriffant les cheveux.

— Et moi, j'ai l'impression que tes jupes ont raccourci! On voit tes genoux!

Ma mère fait la grimace.

— En fait, je ne suis pas tellement sûre que tu aies grandi tant que ça.

*

Nous nous installons autour de la table, dans la cuisine. Mon grand-père fouille dans les boîtes du traiteur chinois. Un sentiment très doux m'envahit, à nous voir ensemble.

— Il n'y a pas de *moo goo gai pan?* marmonne grand-papa.

— À vrai dire, tu sais, nous ne t'attendions pas vraiment ce soir, rétorque maman.

Il empile un gros tas de nouilles aux œufs dans son assiette et se met à fouiller dedans avec ses baguettes.

— Où est passée la viande?

— Ben est végétarien, réplique maman, alors nous nous y sommes mises aussi.

C'est vrai. Ces temps-ci, nous ne mangeons pratiquement que du tofu. Je n'aime pas ça. Ça n'a absolument aucun goût.

— Pourquoi ne pas vous mettre à manger des insectes, pendant que vous y êtes? C'est tout aussi bon que ce truc, marmonne grand-papa. Et où est donc passé ce mari que tu as acquis récemment?

— Ben est en Inde. Pour une brève période.

Ben conçoit des jeux vidéo, et en ce moment, il est dans un studio indien en train de travailler avec des programmeurs à un nouveau jeu qu'ils veulent lancer. C'est une belle occasion pour lui, mais je sais que son absence crée un vide pour ma mère. Moi aussi, d'ailleurs, il me manque. Quand Ben est là, nous sommes une famille. Nous nous réunissons pour le souper, et nous avons de vraies conversations. Depuis son départ, maman et moi avons retrouvé nos habitudes de célibataires : nous mangeons essentiellement des plats tout prêts devant la télévision.

Jonas longe la table avant de sauter sur une chaise, comme s'il avait parfaitement le droit d'être là. Puis il miaule bruyamment.

Je pose un morceau de tofu sur la table, devant lui.

— D'où sort cet animal? demande grand-papa.

— Il s'appelle Jonas. Comme Jonas Salk.

Je sais que ça va l'impressionner favorablement. Jonas Salk est mon scientifique préféré : c'est lui qui a mis au point le vaccin contre la polio.

— Je n'apprécie pas beaucoup les animaux de compagnie, annonce grand-papa. Et surtout pas à table.

— Tu n'avais pas besoin de le rappeler, dit ma mère, qui commence à perdre son sang-froid. J'ai passé toute mon enfance à te supplier de me laisser avoir un chien. Mais dis-moi plutôt, combien de temps comptes-tu nous faire l'honneur de ta présence?

— Quelques mois, peut-être plus. C'est difficile à dire.

Je fais passer les biscuits chinois. Mon grand-père ouvre le sien et jette le papier avec la prédiction sur la table sans le regarder. Il mange le biscuit.

Je demande :

— Mais comment font-ils pour glisser le papier dans le biscuit? C'est un peu magique.

— La magie, ça n'existe pas, dit grand-papa.

— Le scientifique typique : froid, analytique, aucune imagination, répond ma mère en me jetant un regard. Tu vois avec qui j'ai été obligée de grandir.

Je crois en la science, moi aussi. Mais une petite part de mon être s'intéresse quand même à la magie.

À cause des chats.

Il y a quelque chose de magique chez les chats. Leurs queues duveteuses, leur manière de se lover et de s'endormir au soleil, et surtout, de ronronner.

— Que dit ton oracle? demande maman.

— Pfff, dit grand-papa. Je ne vais pas lire ça. C'est complètement idiot!

Ma mère ramasse le papier sur la table, le lit, et hausse les sourcils.

— Eh bien, demande grand-papa, ça dit quoi?

— Ça dit qu'à l'avenir, tu vas faire ta propre lessive.

# Les croquettes de poulet

Le lendemain matin, je suis prête à filer à l'école, mais grand-papa est introuvable. Personne ne va se demander si oui ou non il doit suivre les cours avec moi : la question est réglée d'avance. Ma mère est enseignante, et elle ne peut tout simplement pas avoir chez elle des gens qui sèchent les cours. Elle a déjà écrit à la secrétaire du directeur que « le cousin d'Élise, Melvin » était de retour, et qu'il allait reprendre sa scolarité.

Je le trouve enfin au fond du garage, à moitié

enfoui dans le grand congélateur. Je le ramène à la réalité.

— On n'a pas le temps de faire des burritos.

— Je ne cherche pas des burritos! dit-il d'un ton fâché. Je cherche mon spécimen!

Il déplace des sacs de petits pois surgelés.

— Ah! Le voilà!

Il sort une boîte enveloppée dans du plastique, et lit l'étiquette qui l'accompagne.

— Hum... Billy pense que c'est une sorte de méduse.

C'est une formule secrète, élaborée à partir des cellules d'une méduse rare, qui a rajeuni mon grand-père.

Je lui fais remarquer :

— On va rater notre bus.

— Très bien, dit-il en remettant la boîte dans le congélateur.

Pendant le trajet dans l'autobus, mon grand-père regarde rêveusement par la fenêtre.

— Ta mère a tort, tu sais, dit-il.

— À propos de quoi?

Je sais déjà qu'elle se trompe sur beaucoup de

choses. En particulier sur l'heure de mon couvre-feu : me faire éteindre tous les écrans à neuf heures, c'est beaucoup trop tôt.

— À propos de ce qu'elle disait hier soir, ajoute grand-papa : les scientifiques ne sont pas des gens froids à l'esprit purement analytique.

— C'est toujours comme ça qu'on les montre dans les films.

— Oui, eh bien, c'est un stéréotype complètement ridicule! Nous ne sommes pas des robots! Nous sommes des êtres humains! Nous ressentons les choses très profondément! C'est simplement que personne ne nous comprend, voilà.

Je sais exactement ce qu'il veut dire : les adultes ne comprennent pas non plus les ados.

Quand nous arrivons à l'école, je dépose grand-papa au secrétariat pour qu'il s'inscrive. Je suis en route vers la salle de classe pour mon premier cours quand je croise Brianna, ma meilleure amie depuis le primaire. Quand nous sommes arrivées à l'école secondaire, nous nous sommes un peu éloignées, mais maintenant, tout va bien entre nous. Nous sommes comme des cousines qui se retrouvent uniquement aux réunions de famille. Nous ne gardons le souvenir que des bons moments.

— Tu as fait couper tes cheveux! dit-elle. J'aime bien.

— Merci.

Elle a toujours été bonne pour remarquer les petits détails comme ça.

— Tu sais, je dois encore avoir quelque part ma jolie barrette, elle t'irait bien.

Quand nous étions petites, nous avions toutes les deux les cheveux longs et nous passions notre temps à échanger nos rubans et accessoires.

— Tu crois?

— Je te l'apporte demain, conclut Brianna en souriant.

La cloche sonne et nous nous séparons comme les mèches d'une natte défaite.

*

Il y a une chose qui n'a pas changé depuis le premier jour de maternelle : le temps du dîner peut être le meilleur ou le pire moment de la journée. Cette année, ça va à peu près, grâce à Raj.

Je le vois à l'autre bout de l'aire de repas. Il me garde une chaise à côté de lui, à notre place habituelle. Quand je m'assois, il fait glisser vers moi, sur la table, un paquet de croustilles barbecue. Nous partageons un paquet de croustilles à chaque dîner. C'est notre rituel.

— Devine quoi! lui dis-je. Mon grand-père est chez moi!

— Melvin? Il est revenu?

Raj a l'air surpris. À part ma mère, il est le seul au monde à savoir la vérité sur Melvin. C'est peut-être aussi pour ça que nous sommes amis. Qui d'autre que lui pourrait me comprendre? C'est un peu comme les gens qui ont vécu côte à côte un tremblement de terre. Sauf que nous savons ce qui est arrivé lorsque la terre s'est mise à trembler.

— Oui. Il est arrivé hier. Il a cassé la vitre de la porte de derrière parce que sa clé n'était plus la bonne. J'ai cru qu'il y avait un cambrioleur dans la maison. J'ai appelé la police et tout!

— C'est dingue. Oh, tiens, dit Raj en regardant par-dessus mon épaule, voilà justement ton cambrioleur qui vient par ici.

Je me retourne. Mon grand-père se dirige vers nous à grands pas, son plateau dans les mains. Il fronce les sourcils.

— Salut, Melvin, dit Raj.

— Raj, se coller des anneaux dans le nez comme tu le fais, ce n'est pas hygiénique, tu sais. Un de ces jours, tu devrais revoir tes cours de bactériologie.

Mon grand-père s'assied et regarde son plateau d'un air déçu. Il a pris des croquettes de poulet.

— C'est terrible! soupire-t-il.

— Oui, je ne mangerais pas ce poulet non plus, dit Raj. Il a un goût de styromousse.

— Non, ce n'est pas à cause des croquettes. J'ai été recalé! annonce mon grand-père.

Je ne comprends pas.

— Recalé de quoi?

— De la neuvième année. J'étais en huitième l'année dernière, et ils refusent de m'inscrire dans la classe supérieure. Je suis titulaire de deux doctorats, et maintenant il va falloir que je refasse la huitième année une troisième fois! Je vais devoir relire encore cet infernal *Attrape-cœurs!*

— Ça devrait être facile d'avoir un A, alors, remarque Raj.

Mon grand-père lui jette un regard noir.

— Enfin, demande Raj, pourquoi êtes-vous revenu?

Voilà ce que j'aime chez Raj : il est direct, mais sans méchanceté. À l'école, tout ce qui se dit contient au moins un sous-entendu. Mais Raj n'est pas comme ça : avec lui, pas besoin de deviner ce qu'il veut dire. Melvin se tasse un peu sur sa chaise.

— J'en avais assez de voyager. Et j'en avais franchement par-dessus la tête des autocars. Tu crois que les toilettes de l'école puent? Tu devrais essayer celles d'un bus sur la route.

— J'imagine, dit Raj.

— Et je commençais à m'ennuyer. Toute ma vie, j'ai poursuivi des objectifs. Le travail, la recherche scientifique, et maintenant… Maintenant, je ne sais plus quoi faire de moi.

— Alors, comme ça, vous avez perdu votre motivation? demande Raj.

— Si on veut, oui. Et surtout, j'ai perdu mon labo, et il me manque.

Je l'imagine en blouse blanche, devant une table en inox, une éprouvette à la main.

— J'ai une idée! Tu peux être mon partenaire!

— Pour quoi faire?

— Pour la foire scientifique. Nous pourrions faire équipe et préparer un projet ensemble!

— Une foire scientifique de classe de huitième année? J'ai un peu trop de diplômes pour ça, tu ne crois pas? demande Melvin en faisant la grimace.

— Mais si tu participes au projet avec moi, tu auras un laboratoire à ta disposition. Un labo tout neuf.

Là, il prend un air intéressé.

— Tout neuf, vraiment?

— Les labos de sciences ont été entièrement refaits pendant l'été. Je suis sûre que M. Boineau nous laissera utiliser le sien. Il a vraiment envie que les élèves participent à son projet. Qu'est-ce que tu en dis?

— Je ne sais pas, dit mon grand-père, l'air peu convaincu.

Je le revois penché au-dessus de notre congélateur ce matin et j'ajoute :

— Tu pourrais faire des expériences avec cette méduse congelée, ce serait amusant. Et on ferait de la recherche ensemble!

Il hausse les épaules.

— Bon, après tout, je ne vois pas ce que ça pourrait faire de mal.

Il mord dans ses croquettes.

— Beurk! C'est dégoûtant!

— Je vous avais prévenu, fait remarquer Raj.

# Gribouillages

Le laboratoire de M. Boineau est l'endroit que je préfère dans toute l'école parce qu'il est rempli de choses qui sont rarement accessibles aux élèves : des placards entiers remplis d'éprouvettes et de becs verseurs en verre, des grandes tables pourvues d'un évier et d'une sortie de gaz, des tabourets très hauts qui se renversent facilement.

Mais ce que je préfère, c'est l'odeur. Ce n'est pas l'odeur habituelle d'une classe, cet effluve de crayon à mine, de feutres effaçables et d'ennui. Non, dans le laboratoire, il y a un parfum de caoutchouc, de produits chimiques et de découverte.

M. Boineau m'accueille avec un sourire.

— Bonjour Élise! Ta maman va bien?

Évidemment, il connaît ma mère. Ils sont enseignants tous les deux.

— Oui, elle va bien.

— Elle monte quoi pour la saison?

— *La Tempête.*

— J'adore Shakespeare! s'écrie-t-il avec enthousiasme.

À vrai dire, je dois avouer que Shakespeare m'endort un peu. Ce n'est pas la faute de Shakespeare. Mes parents lisaient ses pièces pour m'endormir le soir quand j'étais petite, et maintenant, j'associe Shakespeare à la fatigue.

— J'achèterai des billets, assure M. Boineau. Et maintenant, dis-moi, comment puis-je t'être utile?

— J'ai l'intention de participer à la foire scientifique avec mon cousin Melvin.

— Merveilleux! Ton cousin et toi? Exactement comme les Herschel, alors!

— Les Herschel? Qui est-ce?

— C'étaient deux astronomes, frère et sœur. De grands scientifiques, tu devrais faire une recherche sur eux.

— D'accord. Est-ce que nous pourrions utiliser le laboratoire après les heures de cours pour nos essais?

M. Boineau me regarde gravement.

— Eh bien, ta mère est enseignante. Je peux faire confiance à ta maturité et à ton jugement, n'est-ce pas?

— Bien sûr. Ma mère me priverait de sortie pendant un siècle si je faisais quoi que ce soit d'interdit.

Il se met à rire.

— Bon, très bien. Tu pourras te servir du labo pendant que je serai juste à côté, en train de corriger mes copies. Mais il ne faudra pas oublier de tout ranger après ton passage.

Je lui promets de ne pas oublier.

*

Comme un animal de zoo enfin libéré de sa cage, mon grand-père est heureux de retrouver son habitat naturel : le laboratoire de sciences. Il s'attarde, laisse traîner le bout de ses doigts sur les tables, regarde à l'intérieur des placards, vérifie les équipements.

— Ça fera l'affaire, annonce-t-il enfin.

— Et qu'est-ce qu'on va faire, comme projet?

— Je ne sais pas encore exactement, dit-il en déposant sa boîte à pique-nique réfrigérée sur une des tables.

C'est comme ça qu'il a transporté sa méduse jusqu'à l'école.

— Ça dépend du spécimen, ajoute-t-il.

Il enfile des gants de caoutchouc et ouvre le sac plastique intérieur d'un coup de lame. Une odeur abominable se répand autour de lui, un peu comme celle de vieilles chaussettes de gym qu'on aurait laissées beaucoup trop longtemps dans un casier, au vestiaire.

— Ça, c'est une drôle de méduse, approuve Melvin.

— Pourquoi drôle?

L'amas rosâtre qui dégèle semble posséder plusieurs strates de tentacules. Mon grand-père les désigne du doigt.

— Parce qu'elle a des pattes. Une méduse ordinaire n'en a pas.

Il saisit une pince et soulève délicatement un tentacule.

— Aaaah, je vois. Ce n'est pas une méduse du tout.

— Ah bon?

— Cette créature a été *attrapée* par une méduse. Les tentacules ont été arrachés à la bête.

— Donc, la méduse l'a tuée?

— Je crains que ça n'ait pas été une très belle mort.

Il me tend la pince.

— Et qu'est-ce que je suis censée faire de ça?

— Retire les tentacules. C'est un travail d'équipe. Je ne vais pas tout faire tout seul.

J'écarte les tentacules, et si ce n'est pas ragoûtant, ce n'est pas désagréable non plus. C'est un peu comme percer des boutons d'acné. La créature s'avère être une sorte de croisement entre un poisson et une salamandre. Elle a une longue queue et des pattes.

— Qu'est-ce que c'est?

Mon grand-père étudie la bête un moment.

— Je pense que c'est un axolotl. Regarde les branchies.

— Alors c'est un poisson?

— En théorie, c'est une salamandre, mais l'axolotl vit sous l'eau. L'axolotl a une propriété très curieuse : il est capable de faire repousser n'importe quelle partie de son corps si elle est endommagée.

— Ça alors, c'est pratique.

— Certes. Mais je m'interroge sur un point.

— Lequel?

— Cette bête a six pattes. Or, je suis pratiquement sûr que l'axolotl en a quatre. Il est vrai que je n'ai pas eu l'occasion d'en voir depuis longtemps. En tout cas, nous allons commencer tout de suite à consigner nos observations. Puis nous irons à la bibliothèque pour faire quelques recherches.

Il sort de son sac à dos un bloc à dessin épais et un crayon, et se met à faire le croquis du machin.

— Pourquoi on ne prendrait pas des photos?

On peut se servir de mon téléphone.

— Nous n'avions pas d'appareil photo sur nos téléphones autrefois; on apprenait en dessinant.

— Je ne suis pas bonne en dessin.

— Ce n'est pas grave. Tu n'as qu'à faire des croquis, des gribouillages si tu préfères. Même gribouiller t'aidera à faire attention aux détails. Et ça te fera réfléchir.

Je fais donc ce qu'il me demande : je gribouille le machin. C'est plutôt amusant. Quand je jette un coup d'œil sur le bloc de Melvin, je m'interromps, stupéfaite. Les lignes sont parfaites et précises. C'est incroyable.

— Génial, tu es vraiment doué!

— Et pourquoi es-tu tellement surprise?

— Parce que tu es un scientifique, pas un artiste.

— Je ne sais pas d'où sortent ces idées, me dit-il en fronçant les sourcils. Les scientifiques sont naturellement artistes. Tu devrais voir les dessins de Van Leeuwenhoek.

— Van quoi?

— Antonie van Leeuwenhoek, le créateur

du premier microscope. Il dessinait tout ce qu'il voyait. Les bactéries. Les protozoaires. Les cellules sanguines. Ses croquis de puces sont magnifiques.

— Les puces sont magnifiques? Je ne pense pas que Jonas soit d'accord. Il a horreur du traitement anti-puces.

— Quand j'étais à l'université, je passais des heures à étudier ces dessins, poursuit mon grand-père, la voix rêveuse. Ils sont si détaillés. Tu sais, tu peux voir une chose mille fois, et la mille et unième fois, tu découvres quelque chose de nouveau.

— Hum...

Melvin referme son carnet d'un coup sec.

— Allez, viens, on va chercher quelque chose à grignoter. Je meurs de faim!

Je lui montre du doigt le spécimen puant qui s'étale devant nous.

— Tu veux manger après ça?

— Oh, ça, ce n'est rien, dit Melvin. Attends de disséquer un fœtus de cochon quand tu seras en dixième année.

Pouah. Ben a peut-être de bonnes raisons

d'être végétarien finalement.

*

Le soir, quand nous arrivons à la maison, j'ouvre la boîte de recettes de ma grand-mère. J'aime bien cuisiner, et petit à petit je commence à maîtriser les recettes. Il y en a encore beaucoup, comme celles de ragoûts mijotés ou celles de desserts que je n'ai pas essayées : par exemple, le bavarois aux fruits, le kugel aux pâtes et quelque chose qui s'appelle tarte à la sauterelle. Mais il y a aussi des recettes faciles à faire. Ce soir, je vais faire son pain aux bananes, parce que j'ai tous les ingrédients sous la main.

Pendant que mon gâteau cuit, je m'installe à la table de la cuisine pour aller sur Internet. Jonas observe ce qui se passe par la fenêtre. Les moustaches frémissantes, il attend. La raison de son attente se précise assez vite : un gros matou roux apparaît et se met à miauler sous la fenêtre. C'est le chat de nos voisins et le meilleur ami de Jonas. Il se promène à des heures bizarres et se montre rarement.

Jonas saute à terre et disparaît par la chatière.

Je suis curieuse de voir le blogue de Melvin. Je m'attendais à le voir nourri de recherches scientifiques, mais ce n'est pas ça du tout : ce sont surtout des photos de fleurs. Des lys, des rhododendrons, des roses sauvages et des marguerites. Parfois, il ajoute une note près de la photo, comme un élément de journal de voyage. Par exemple, l'une dit « l'air sent le citron » ou bien « les escargots me manquent ». Et il y a des remarques mystérieuses : « la mousse, ce n'est pas aussi intéressant qu'on le dit ». Je me demande bien ce que ça veut dire.

L'image la plus récente est un gros plan d'un pissenlit, au bord d'une autoroute très passante. C'est une touche de jaune vif sur arrière-plan de camions défilant à toute allure. La légende dit simplement :


**« Je te vois partout. »**


Melvin entre dans la cuisine à la seconde où je sors le moule à gâteau du four.

— C'est quoi?

— Un pain d'épices aux bananes.

— Ta grand-mère faisait le meilleur pain aux bananes du monde.

— C'est sa recette, dis-je en lui coupant une tranche. Goûte.

Il prend une bouchée.

— Est-ce qu'il est aussi bon que celui de grand-maman?

Mon grand-père savoure sa bouchée.

— Rien ne sera jamais aussi bon que le pain aux bananes de ta grand-mère.

Je suis un peu déçue. Mais il me fait un petit sourire.

— Mais c'est quand même délicieux.

# Genre et espèce

Je demande à mon grand-père :

— Mais pourquoi ne pourrait-on pas aller voir sur Internet ce soir?

— Internet regorge de fausses informations, dit-il. Rien n'est vérifié ni validé. Moi, je préfère faire confiance aux livres.

Nous sommes à la bibliothèque. Melvin est assis devant une pile de bouquins sur l'axolotl. J'adore les sciences, c'est un fait, mais je voudrais bien dîner, aussi. La seule chose que j'ai eu le temps de manger, c'est une barre de céréales achetée au distributeur. Je pense à Raj et à nos croustilles barbecue.

— Ah, le voilà, dit Melvin, qui a un livre ouvert sous les yeux.

Je jette un coup d'œil par-dessus son épaule.

Une photo ressemble à notre machin rose, mais en plus vivant et en moins moche. Ça fait penser à un animal de dessins animés. La légende indique :

### Ambystoma mexicanum

— Je croyais que c'était un axolotl, fais-je remarquer.

— Axolotl est le nom commun. *Ambystoma mexicanum* est le nom du genre et celui de l'espèce.

— Comment ça?

— Genre et espèce sont les termes utilisés par les scientifiques pour classer les organismes vivants. Genre est la catégorie, espèce est la classification. C'est important de donner un nom aux choses. Sans nom, il n'y a pas d'ordre dans l'univers.

— Oh.

— En tout cas, je crois que notre spécimen est un axolotl.

— Mais les pattes en trop, alors?

— Ce pourrait être dû soit à une variation environnementale soit à une variation génétique.

Il baisse la tête vers son livre.

— Le plus curieux, c'est que *Ambystoma mexicanum* n'est pas endémique aux Philippines. Toute cette histoire est très mystérieuse.

— Qu'est-ce qui est mystérieux? demande une voix derrière moi.

Mon grand-père sursaute et lève la tête. C'est Mme Barrymore, notre nouvelle bibliothécaire. Elle aime les robes de couleurs vives, genre années 50, avec des imprimés pop. Aujourd'hui, c'est une robe à motif de cerises. Je ne sais pas quel âge elle peut avoir : entre cinquante et soixante ans? C'est souvent difficile de donner un âge aux gens de cette génération.

— J'aide mon cousin dans ses recherches, pour le cours de sciences, j'explique.

— Je ne savais pas que tu avais un cousin à

l'école, Élise, dit-elle.

— C'est Melvin. Melvin, Mme Barrymore.

Mon grand-père se lève et tend la main.

— Je suis très heureux de faire votre connaissance, dit-il.

Mme Barrymore lui serre la main en souriant.

— Très heureuse de te connaître, Melvin. Avez-vous besoin d'aide, tous les deux?

— Je cherche des informations au sujet de l'axolotl. C'est une sorte de salamandre.

— Allons voir le catalogue, et tâchons de trouver.

— Merci beaucoup, murmure Melvin en la suivant.

Et tout espoir de dîner s'envole.

*

— Un café noir pour Melvin! crie le garçon derrière le bar.

Mon grand-père prend sa tasse fumante et plonge aussitôt les lèvres dedans. Je ne connais personne de mon âge qui prenne son café noir. Tout le monde prend un café au lait, avec plein de mousse et de sirop de caramel. Je mets toujours beaucoup de sucre pour masquer l'amertume.

Nous nous sommes arrêtés dans un café près de l'école qui sert des sandwichs. Après ma pitoyable barre de céréales, je meurs de faim. Je prends un sandwich grillé au fromage et Melvin un triple club à la dinde, une portion de frites, un beigne glacé, un gâteau au café et un bol de chili. Nous emportons le tout jusqu'à une petite table, où se trouve un vase avec des œillets bleus.

Je regarde mon grand-père dévorer son dîner en un rien de temps.

Je lui fais remarquer :

— Ça fait beaucoup pour un seul dîner.

— Ce n'est pas ma faute, dit grand-papa. C'est la puberté.

Il dit « la puberté » comme si c'était une maladie.

Je fixe les œillets tout en réfléchissant.

— Tu crois que l'axolotl a pu manger quelque chose qui a provoqué la pousse de ses pattes supplémentaires? Tu vois, comme ces œillets qui sont devenus bleus parce qu'on les a fait tremper dans du colorant bleu. La fleur boit l'eau et ses pétales se colorent.

— Continue, dit Melvin en arrêtant de mastiquer.

— Notre projet pour la foire scientifique, ce pourrait être de chercher à savoir si les pattes supplémentaires sont là à cause de quelque chose qui se trouvait dans l'environnement.

— Et comment tu penses faire ça?

— J'imagine qu'on pourrait se servir de l'axolotl comme d'une nourriture, et ensuite on verrait ce qui se passe.

Melvin semble impressionné.

— Pas mal. J'aime bien l'idée. Il nous faudra quelques éléments. On ira les acheter demain après les cours.

Le dîner fini, mon grand-père va payer à la caisse. En sortant, nous croisons Brianna qui entre. Quand elle voit Melvin, elle ouvre de grands yeux.

— Melvin! Je ne savais pas que tu étais revenu!

— On se connaît? demande-t-il.

Je lui demande :

— Tu te souviens de Brianna, n'est-ce pas,

Melvin?

Il la regarde un moment, fixement.

— C'est la fille avec qui tu étais en maternelle?

Brianna se met à rire.

— Oui! Nous étions dans la même classe. C'est mignon que tu te souviennes de ça!

Mon grand-père se tourne brusquement vers moi.

— Bon, allons-y.

Et il s'éloigne sans un regard en arrière.

Je fais un petit signe gêné à Brianna.

— À demain, à l'école!

*

Ma mère dit que Jonas se conduit comme un ado. Il va et vient comme ça lui chante et dort toute la journée. En ce moment même, il est roulé en boule entre elle et moi sur le sofa, bien au chaud dans sa couverture veloutée. Il suit des yeux ce qui se passe sur l'écran de la télévision.

— Je pense qu'en fait, il est à moitié humain, dit ma mère.

Le débat au sujet de la race de Jonas n'est pas clos. Il a des poils longs et épais, comme un Maine coon, mais mon père pense qu'il y a du siamois chez lui parce qu'il miaule sans arrêt. Et moi je dis que c'est un chat des forêts de Norvège.

— C'est peut-être une nouvelle race? Le *Feline humanus?*

Maman me regarde.

— Genre et espèce. Le genre, c'est félin, et l'espèce, humaine. Tu vois? C'est la science.

Elle hoche la tête.

— Ton grand-père et toi, vous vous ressemblez comme deux gouttes d'eau. Heureusement que tes chaussettes sentent moins mauvais que les siennes, ajoute-t-elle.

C'est vrai que ses chaussettes sont plutôt du *genre* puant.

— Je me demande comment Ben va le supporter, conclut-elle.

— Ça ira très bien.

— Je ne sais pas. Il a déjà dû devenir ton beau-père du jour au lendemain.

— Et alors?

— Et alors, toi, tu es très facile à vivre. Avec toi, je m'attends toujours à une crise d'adolescence, mais je ne la vois jamais venir.

— Grand-père aussi est facile à vivre.

Ma mère se met à tousser.

À cet instant précis, Melvin fait irruption dans le salon. Il brandit un tee-shirt rose vif.

— Non, mais regarde-moi ça! C'est rose! glapit-il.

— Alors ça, ça ne fait pas de doute, papa, dit ma mère.

— Mais il était blanc! *Quelqu'un* a laissé une chaussette rouge dans la laveuse!

— Les hommes, les vrais, ne craignent pas de porter du rose, répond maman en souriant.

Il lui jette un regard mauvais et sort brusquement, furieux.

Un sourcil levé, ma mère se tourne vers moi.

— Facile à vivre, tu dis?

— C'est sûrement une question de genre et d'espèce : *Adolescentis garçonnus.*

# Les souris sont super

Raj est en retard, alors je lui garde sa place et je gèle sur place : l'aire de repas n'est pas chauffée.

Quand j'ai quitté la maison ce matin, il faisait beau et chaud, alors je n'ai pas pris de veste. Mais un vent froid s'est levé et maintenant, je gèle avec mon tee-shirt. J'ai assez envie d'aller voir si je peux récupérer quelque chose dans la boîte des objets trouvés, mais je me souviens encore de Mme Bonnet, mon enseignante de cinquième année, qui appelait ça la boîte des poux trouvés, et ça ne fait pas vraiment envie.

Raj apparaît, un plateau dans les mains.

— Excuse-moi, j'avais un devoir à finir.

Il s'assied et fait glisser son paquet de croustilles sur la table dans ma direction.

— Merci.

— Alors? Comment ça se passe avec Melvin?

— Pas mal du tout. On a trouvé notre projet pour la foire scientifique.

— Vous devriez avoir des blouses blanches assorties, tous les deux.

En réalité, n'importe quelle blouse ferait l'affaire en ce moment. Le courant d'air qui balaie le hall me fait frissonner.

Raj fronce les sourcils. Il enlève son blouson de cuir et me le tend.

— Non, ça va, je t'assure, merci, dis-je en essayant de le repousser.

— Ça ne va pas du tout. Tu as l'air complètement gelée, dit-il en insistant, et d'ailleurs, moi, j'ai un chandail en molleton en dessous.

— Merci, dis-je dans un murmure.

J'enfile le blouson. C'est bon comme un câlin

bien chaud.

— Alors, tu veux qu'on se retrouve dans la salle polyvalente après les cours?

— Après les cours?

— Pour le tournoi d'échecs. Tu viens, comme on avait dit hier?

Avec toutes les histoires de Melvin, j'avais complètement oublié le tournoi d'échecs.

— Mais il faut qu'on aille acheter les matériaux pour notre projet, ce soir, avec Melvin...

— Bon, ce n'est pas grave, dit Raj.

Il a l'air vraiment déçu.

— C'est quand le prochain tournoi?

— Dans quinze jours.

— Je viendrai au prochain! Je te promets que je n'oublierai pas.

Il me fait un petit sourire.

— Bon, très bien.

La cloche sonne, je lui rends son blouson. À peine enlevé, il me manque.

— Amuse-toi bien avec Melvin, alors, dit Raj, avant d'ajouter avec une grimace : en fait, je ne crois pas que le mot « s'amuser » et le nom de

57

Melvin soient compatibles dans une même phrase.

J'éclate de rire.

*

Après les cours, mon grand-père et moi prenons un bus qui nous emmène en ville.

— J'en ai tellement assez de me déplacer en bus, soupire Melvin. Ma voiture me manque.

— D'ici quelques années, tu devrais pouvoir passer ton permis, dis-je pour l'encourager.

— Je suppose que oui, dit-il en regardant tristement par la fenêtre. Ma première voiture était une vieille Chevrolet complètement déglinguée. Ce que j'aurais vraiment voulu, c'était une Ford, une Thunderbird. Le modèle bleu piscine avec un moteur huit cylindres. Évidemment, je ne pouvais pas m'offrir ça quand j'étais ado.

Le bus nous dépose à un petit centre commercial. Il y a une friperie, une pâtisserie, une animalerie, et un salon de tatouage. Je demande :

— Qu'est-ce qu'on est venus faire ici? Je croyais qu'on devait acheter nos matériaux.

— C'est bien ça, rétorque Melvin.

Je le suis dans l'animalerie. Il fait sombre à

l'intérieur, la boutique est silencieuse. Un vendeur qui lit son journal au comptoir nous fait un signe de la main.

— Dites-moi si je peux vous aider, dit-il.

Il n'y a pas beaucoup d'animaux exposés. La boutique vend surtout des produits de soin, de la litière et de la nourriture pour les bêtes. Le rayon chats offre une jolie sélection de jouets.

À grands pas, Melvin dépasse les serpents dans leurs vitrines, les grenouilles dans leurs vivariums, et se dirige vers le fond du magasin, qui cache un enclos vitré plein de souris. Un écriteau clame : *LES SOURIS SONT SUPER!*

La plupart des bestioles dorment collées les unes contre les autres; seules leurs queues roses remuent légèrement. Une seule insomniaque court d'un bout à l'autre de la cage, fronce le nez, se colle contre la vitre. Melvin les observe.

— Je pense que nous devrions en prendre cinq, au moins, dit-il.

Je ne comprends pas de quoi il parle.

— Tu veux des souris?

— Et comment allons-nous tester nos théories

59

autrement? Nous allons faire manger l'axolotl aux souris.

J'en ai la mâchoire qui se décroche.

— Et après? Qu'est-ce qui va se passer?

— Après, nous les observerons, bien sûr. J'imagine que nous allons les disséquer, et...

— Les disséquer?

Je sais que mon grand-père a dû faire des expériences sur les souris, comme tous les biologistes, mais je ne m'imagine pas tester quelque chose sur un animal sans défense.

— Je pensais que nous allions vérifier nos idées sur des plantes ou des fleurs...

— Tout le monde utilise les souris, c'est le meilleur moyen d'effectuer des essais, dit Melvin tranquillement.

— Mais elles sont si mignonnes!

— Un jour, on trouvera un remède contre le cancer en expérimentant sur de « mignonnes » souris!

Le vendeur se dirige vers nous.

— Puis-je vous aider? Les souris sont en solde. Dix dollars la pièce. Si vous en prenez plusieurs, je peux vous faire un prix.

De la tête, je fais signe à grand-papa de refuser.

Je vois une ombre passer sur son visage. Il se tourne vers le vendeur.

— Non, merci, dit-il.

— Merci, grand-papa, dis-je en chuchotant très bas.

— Nous allons donc être obligés de faire ça à l'ancienne, annonce-t-il.

— C'est comment, à l'ancienne?

— On prendra *Drosophila melanogaster*.

— Quoi?

Je me demande si c'est le nom de genre ou d'espèce d'un autre animal tout aussi mignon, comme un hamster ou un cochon d'Inde.

— La drosophile, ou mouche des fruits. Éprouves-tu des sentiments particulièrement tendres et chaleureux à l'égard des mouches?

Je réponds lentement, en réfléchissant bien :

— Je ne pense pas, non.

— Ah. Me voilà soulagé. Eh bien, cela doit bien faire des années que je n'ai pas travaillé avec des drosophiles. Ça va être amusant!

Je me souviens de la remarque de Raj, sur le mot « amusant ». Il n'y a que Melvin pour trouver des mouches amusantes.

# Nous sommes les Herschel

Nous achetons un premier sac de drosophiles au magasin pour animaux, mais Melvin me prévient qu'il nous en faudra beaucoup d'autres.

— Il faudra les élever nous-mêmes, dit-il.

— Mais comment?

— Nous allons fabriquer un milieu accueillant pour les drosophiles. Elles vont y pondre leurs œufs, et ensuite, les larves pourront se nourrir sur place.

— Comme des aliments pour bébés mouches?

— Oui, quelque chose dans ce genre-là, acquiesce Melvin.

Il dresse la liste de ce qu'il nous faut pour fabriquer notre milieu d'élevage. On peut tout trouver au supermarché, et ça tombe bien, parce que nous devons justement aller faire l'épicerie : il n'y a plus rien dans notre frigo.

— Fais bien attention de choisir les bananes les plus mûres que tu peux trouver, recommande grand-papa. Des bananes bien molles, c'est l'idéal pour notre culture.

Ma mère et moi aimons bien faire l'épicerie tard le soir. Il n'y a plus de queues à la caisse, et les gens sont généralement plus détendus. Peut-être parce que plus personne ne doit se précipiter pour préparer le souper.

Ce soir, les choses se présentent comme d'habitude. Il n'y a personne dans les rayons, à part un ou deux hommes d'affaires en costumes sombres plantés devant les plats individuels surgelés.

Je remplis le chariot avec ce que Melvin a noté sur sa liste : des céréales, du gruau, de la levure, du sucre glace, du vinaigre de vin rouge, des filtres à café. Quand nous passons devant les croustilles aromatisées, je ne peux m'empêcher de penser à Raj que j'ai laissé tomber le jour de son tournoi d'échecs. J'ajoute quelques sacs de croustilles barbecue, dans l'espoir de me faire pardonner.

Nous arrivons au rayon des fruits et légumes frais. Je prends quatre régimes de bananes, les plus tigrées du lot.

— Au fait, j'ai parlé à ton père, dit maman. Il sera de retour en ville dans quelques semaines.

Mon père est comédien. Il est parti en tournée avec une production des *Misérables*. Il me manque beaucoup, mais nous nous envoyons souvent des textos. Il est meilleur que ma mère pour utiliser des émojis.

— Super, dis-je en posant mes bananes dans le chariot.

— Tu as l'intention de refaire du pain d'épices aux bananes?

— Ce sont des ingrédients pour notre projet scientifique. Grand-papa et moi, nous allons participer au concours de sciences de l'école. Ça nous donnera des points en plus.

Ma mère hoche la tête.

— À propos de points en plus, j'aimerais bien que tu viennes m'aider au théâtre ce week-end. Nous avons pris beaucoup de retard avec les décors.

— Je t'aiderai si tu veux bien acheter tout ce qu'il nous faut.

— C'est d'accord.

— Et aussi des beignes! Je suis sûre que les beignes sont indispensables pour nos expériences.

Elle lève les yeux au ciel.

*

M. Boineau est dans le laboratoire quand grand-papa et moi arrivons le lendemain, après les cours.

— Alors, qu'est-ce que vous préparez tous les deux? demande-t-il.

Je réponds :

— Nous élevons des drosophiles.

— Excellent! répond l'enseignant.

— Et nous allons fabriquer leur milieu d'élevage, ajoute Melvin. J'ai trouvé une très bonne recette de composition des aliments.

— Je suis impressionné, dit M. Boineau. Vous trouverez un mélangeur dans le placard. Si vous en avez besoin, prenez-le.

— Merci, dit Melvin.

— Il faut que j'y aille, dit M. Boineau, j'ai une réunion ce soir. Amusez-vous bien à fabriquer votre milieu de culture!

Nous sortons le mélangeur, et mon grand-père me tend la recette qu'il a recopiée. Je mélange les bananes, le sucre glace, les flocons d'avoine et le vinaigre jusqu'à ce que le mélange soit bien lisse. Ça a l'air bon, et je ne résiste pas : je goûte. On dirait la pâte d'un dessert aux bananes. Je demande à Melvin :

— Combien de temps faut-il pour que les mouches commencent à pondre?

— Environ deux semaines.

Quand la purée est prête, grand-papa pose des bocaux de verre sur une table. Il propose de remplir un pot avec de la simple purée, et un autre avec de la purée aux morceaux d'axolotl.

— On peut en préparer un troisième?

— Pourquoi pas? Qu'est-ce que tu voudrais y ajouter?

— Une croquette de poulet.

— Pourquoi une croquette de poulet?

— Parce que je me suis toujours demandé ce qu'il y avait dedans. J'en ai gardé une de mon dîner.

— Eh bien, va pour la croquette.

Je tiens le premier bocal pendant que Melvin verse soigneusement le mélange. Il en remplit à peu près le quart, puis saupoudre la surface de levure, avant de froisser un filtre à café en papier et de le déposer sur le tout. Il fait tomber quelques mouches à l'intérieur du bocal, pose une serviette en papier mouillée sur l'ouverture, et la scelle avec un élastique.

Je regarde le bocal. Il y a quelque chose d'anormal. Les mouches ressemblent à des puces.

— Il y a quelque chose qui ne va pas avec ces mouches : elles n'ont pas d'ailes!

— Cette variété de drosophiles n'en a pas.

— Et pourquoi?

— C'est plus facile de les étudier ainsi. Elles ne

risquent pas de s'envoler. C'est cette variété qu'on propose dans la plupart des animaleries. Les gens les achètent pour nourrir leurs reptiles, leurs grenouilles ou leurs oiseaux. Ce sont d'excellentes sources de protéines.

Je me sens mal pour ces pauvres mouches. Non seulement elles n'ont pas d'ailes, mais *en plus* elles se font manger? C'est comme être coincé en huitième année et servir de pâture à la cafétéria...

Au troisième bocal, nos gestes sont précis. Nous formons une bonne équipe.

Je demande à mon grand-père :

— Tu connais les Herschel? M. Boineau m'a parlé d'eux.

Il relève la tête et ajuste ses lunettes.

— Bien sûr!

— Peux-tu me raconter leur histoire?

— Ils s'appelaient Caroline et William. William était l'aîné. C'était un astronome. Il fabriquait lui-même ses télescopes.

— Et sa sœur?

— Caroline est devenue célèbre pour ses découvertes de comètes et de nébuleuses.

Je me demande comment ils vivaient tous les deux. Est-ce que William étendait son linge tout seul? Se souvenait-il de rabaisser le siège des toilettes? Empruntait-il la crème anti-acné de sa sœur?

— Tu crois qu'ils partageaient la même salle de bains?

Grand-papa a l'air un peu abasourdi par la question.

— Je ne crois pas que les salles de bains existaient au dix-huitième siècle, finit-il par répondre.

— Non? Et comment faisaient-ils alors?

— Ils utilisaient des pots de chambre.

— Des pots de chambre? Qu'est-ce que c'est?

Il me regarde d'un drôle d'air.

— Mais pourquoi toutes ces questions?

— Parce qu'ils vivaient en famille. Et que c'étaient des scientifiques.

Melvin penche la tête.

J'ajoute :

— Eux, ils étudiaient les étoiles. Nous, nous fabriquons un milieu de culture pour les drosophiles. Nous sommes exactement comme les Herschel.

Il cligne des yeux, puis sourit.

— Oui. C'est vrai.

# Shakespeare

Quand on vit dans la baie de San Francisco, on parle beaucoup des tremblements de terre. En classe, on fait des exercices d'évacuation d'urgence, et tout le monde garde des piles de rechange et des bouteilles d'eau potable dans son garage.

Ma mère dit toujours en plaisantant que le jour où le Grand Tremblement de Terre que les Californiens attendent depuis des décennies va frapper, je serai capable de dormir du début à la fin sans me réveiller. Elle a probablement raison.

Ces jours-ci, je pourrais dormir toute la journée. Je n'étais pas comme ça avant. En réalité, j'avais plutôt tendance à me lever aux aurores. Mais maintenant, même si je me couche tôt, je n'arrive jamais à me réveiller. Ma mère dit que c'est le signe numéro un de la puberté.

Alors ce n'est pas surprenant si je me réveille vers midi le samedi matin. Jonas dort en boule sous ma couette. On ne peut voir que les coussinets roses de ses pattes. Il adore dormir. C'est peut-être un adolescent aussi.

La maison est silencieuse. Ma mère est déjà au théâtre pour les répétitions. En jetant un coup d'œil dans le salon, je vois une touffe de cheveux bruns qui dépasse de la couverture sur le sofa. Melvin dort encore.

Dans la cuisine, je vois que maman a laissé un mot sur le lave-vaisselle :

## EN PANNE, NE PAS UTILISER! RÉPARATEUR APPELÉ.

Quand j'arrive, le théâtre bourdonne d'activité.

C'est rassurant d'être là, parce que je connais les lieux par cœur : les coulisses, les allées, les placards de costumes, les projecteurs brûlants quand ils sont allumés. J'ai grandi dans ce théâtre.

Ma mère me repère; elle tient une planchette à pince à la main.

— Ah, te voilà. Où est Melvin?

— Il était fatigué.

— Typique! Bon, tu peux aider à peindre le décor? J'ai vraiment besoin que notre panneau de fond soit terminé ce soir.

— Pas de souci, maman.

J'ai déjà vu *La Tempête* plusieurs fois. C'est l'une des pièces préférées de ma mère. Elle dit que c'est vraiment la pièce idéale pour une école secondaire parce qu'elle contient tous les éléments : la vengeance, l'amour, la magie, la famille, et les combats d'épée.

Ce que j'aime, moi, dans cette pièce, c'est qu'elle n'est pas angoissante. Il n'y a pas de morts sanglantes comme dans *Macbeth* ou *Hamlet,* pas d'amours tragiques comme dans *Roméo et Juliette.* Dans *La Tempête,* tout finit bien. Les méchants se repentent et sont pardonnés, les familles déchirées sont réunies, les amoureux se marient. C'est un sentiment agréable.

Et parfois, ça fait du bien, surtout quand on est en huitième année.

Les décorateurs travaillent sur un immense panneau de fond pour la première scène : c'est une tempête en mer. Je ne suis pas très bonne en dessin, mais j'aime bien peindre des décors. Quelqu'un trace les contours, et il ne me reste qu'à colorier à l'intérieur des lignes. Je me dis parfois que si seulement la vie était comme ça, tout serait plus simple.

Tout en peignant, je regarde ma mère diriger les acteurs.

— La chose la plus importante, c'est que vous sortiez de vous-mêmes pour pouvoir *écouter* les autres acteurs sur scène. Jouer, c'est comme tout dans la vie, c'est une collaboration, pas un effort solo.

Puis ils commencent la répétition.

Mon personnage préféré dans la pièce, c'est Prospero, le vieux magicien : peut-être parce qu'il est aussi autoritaire que mon grand-père. Malheureusement, le garçon qui joue Prospero n'a pas appris son rôle; il est nul.

Après la répétition, nous nous arrêtons à la pizzeria pour prendre des pizzas à emporter pour le souper. La liste des garnitures est longue.

— Et si on prenait des champignons? propose ma mère d'un air sérieux.

— Haha. Très drôle.

Finalement, nous prenons une pizza moitié avec champignons, moitié sans pour nous deux, et une autre au pepperoni pour Melvin parce qu'il mange comme deux. Pendant que nous attendons, maman me demande :

— Que penses-tu du garçon qui joue Prospero?

— Il n'est pas très bon.

— Ils veulent tous aller à Broadway, mais ils n'apprennent pas leurs rôles, soupire ma mère.

J'ajoute pour la réconforter :

— Miranda et Ferdinand étaient parfaits. Ils avaient l'air de vrais amoureux.

— C'est parce qu'ils le sont.

— Oh, vraiment!

— Ils sortent ensemble. Les étoiles qu'ils ont dans les yeux? Ce sont des vraies…

— Comme c'est romantique!

— Oui, jusqu'au jour où la pièce sera montée et ils rompront. Là, il y aura des larmes.

— Mais ils ne rompront peut-être jamais. Ce sont peut-être de véritables âmes sœurs, comme Roméo et Juliette.

— Cette histoire-là ne s'est pas très bien finie, tu te souviens? dit ma mère en me jetant un regard.

— Ah oui, c'est vrai.

*

Quand nous arrivons à la maison avec les pizzas, nous entendons des coups de marteau. Et un juron.

Maman et moi nous regardons.

— Nous avons pris des pizzas, papa! crie ma mère, avant de s'arrêter net sur le seuil de la cuisine.

Mon grand-père est assis par terre, au milieu d'un tas de pièces détachées et de tournevis, marteaux et outils variés. Le lave-vaisselle a été méthodiquement démonté.

— Mais qu'est-ce que tu fabriques? s'écrie ma mère.

— Ça devrait être évident, non? Je répare le lave-vaisselle.

— Mais tu ne sais pas réparer un lave-vaisselle!

— J'ai deux doctorats. Ce n'est pas si compliqué, je peux me débrouiller.

— Comme la fois où tu as « réparé » la sécheuse, quand j'étais à l'école secondaire? gronde maman.

— Ce n'était pas ma faute! Je n'avais pas la bonne pièce!

Le ton monte. Pendant qu'ils se jettent de vieux souvenirs à la figure, je me coupe une part de pizza et je monte dans ma chambre, suivie de près par Jonas.

Dans la cuisine, le drame se poursuit. Je suis sûre que même Shakespeare n'aurait pas pu trouver une solution pour résoudre cette intrigue-là.

# Moisissure accidentelle

J'adore les films d'horreur, en particulier ceux avec une intrigue scientifique. Dans les films de Hollywood, les expériences tournent toujours mal. Les fourmis deviennent géantes. Les amibes pullulent et envahissent les villes. C'est fascinant.

Notre expérience, c'est exactement le contraire. Nos bocaux regorgent de drosophiles, et elles ont toutes l'air parfaitement normales. J'espérais qu'elles allaient devenir phosphorescentes, ou se transformer en loups-garous (en mouches-garous?)

79

ou autre chose, n'importe quoi, enfin. Je voulais qu'il se passe simplement *quelque chose*. Un événement.

Aujourd'hui, nous sommes dans le laboratoire après l'école, et les mouches sont comme tous les jours. Ordinaires.

C'est un non-événement.

Je soupire, agacée.

Grand-papa lève le nez de ses notes.

— Qu'est-ce qui t'arrive?

— C'est tellement ennuyeux.

— Ennuyeux?

— J'espérais qu'il se passerait quelque chose d'amusant! Comme dans les films d'horreur.

— Hollywood n'a jamais rien compris à la science, grince Melvin. Ce qui les intéresse, là-bas, ce sont les explosions et les tours de magie!

Moi aussi, j'aime bien les explosions et les tours de magie. Mais autre chose m'inquiète un peu.

— Et notre foire scientifique? Qu'est-ce qu'on va bien pouvoir montrer?

— Qu'est-ce que tu imaginais qu'il allait se

passer? Quelle était ton hypothèse?

— Eh bien, je pensais que les mouches qui se nourrissaient d'axolotl allaient se transformer, d'une manière ou d'une autre.

Il montre le bocal du doigt.

— Et que nous montrent les données?

— Qu'il ne s'est rien passé du tout.

— Alors, quelle est ta conclusion?

— Que nous sommes en train de perdre complètement notre temps?

Il hoche la tête.

— L'intérêt de développer une hypothèse, ce n'est pas d'avoir raison. Tout est dans les données. Parfois, les données vont te conduire dans une direction que tu n'aurais jamais imaginée, et tu obtiendras un résultat intéressant. C'est ce qui s'est passé avec la pénicilline.

— C'est ce médicament qui a si mauvais goût?

— Ce médicament qui a mauvais goût a changé la face du monde. Avant l'invention de la pénicilline, les gens mouraient d'infections banales. Et sa découverte a été purement accidentelle.

— Comment ça?

— Alexander Fleming cultivait des bactéries dans des boîtes de Pétri, et il est parti en vacances sans prendre la peine de les nettoyer. Quand il a retrouvé son laboratoire, les bactéries s'étaient transformées en moisissures. La moisissure, la pénicilline donc, était accidentelle et avait tué toutes les bactéries.

C'est intéressant, et assez dégoûtant aussi.

— Alors, la pénicilline, c'est de la moisissure?

— Oui.

— Pas étonnant que ce soit infect.

— Les bons scientifiques apprennent de leurs données, conclut grand-papa en tapotant son bloc-notes. Et la science a besoin de temps pour se développer. Il faut apprendre à être patiente.

Je le regarde.

— Bon, d'accord, je vais essayer d'être plus patiente.

— Très bien, dit-il avec un sourire d'approbation.

— Mais j'ai quand même envie qu'il se passe quelque chose.

*

Mon grand-père et Alexander Fleming ont un point commun, je trouve : ils sont tous les deux désordonnés. Melvin laisse traîner ses assiettes sales partout et il ne ramasse jamais ses chaussettes. Ça rend ma mère dingue.

Un dimanche, au déjeuner, la crise éclate.

Je fais des expériences avec des œufs et du tofu. D'habitude, je fais des œufs brouillés au jambon ou au bacon, mais depuis que la vague végétarienne est arrivée chez nous, il n'est plus question de manger de la viande. Alors j'ai essayé de voir ce que je pouvais faire avec du tofu, et j'avoue que je l'ai regretté tout de suite. Le tofu s'émiette dans la poêle, et le résultat est tout sauf appétissant. Même Melvin n'en veut pas.

— Qu'est-ce que c'est que ça? demande-t-il en regardant son assiette.

— Des œufs brouillés au tofu.

— Je n'oserais même pas donner ça à un chien.

Ma mère entre dans la cuisine, une serviette mouillée à la main.

— Il faut que ça cesse!

— Je ne saurais dire mieux, dit grand-papa.

Je ne comprends pas comment vous espérez vivre sans un bon steak de temps à autre.

Elle lui secoue la serviette sous le nez.

— Tu n'as pas accroché ta serviette!

— Oh, elle a dû glisser. Pardon.

Mais je sais, à voir l'expression de ma mère, qu'elle n'a pas fini. Loin de là.

— Tu es vraiment dégoûtant! Même ma coloc à l'université était plus propre que toi, et ce n'est pas peu dire!

D'un doigt rageur, elle montre le recoin du salon où Melvin passe ses nuits.

La zone autour du sofa est un désastre : des tas de vêtements chiffonnés, un cageot à pommes rempli de chaussettes noires, des piles de vieux journaux, une boîte à chaussures, des mouchoirs en papier usagés partout, des tasses à café sales, des bouteilles d'eau vides, des livres empruntés à la bibliothèque qui s'élèvent vers le plafond en colonnes branlantes. Notre maison n'est pas grande, et le désordre est visible. Ma mère et Ben avaient parlé d'acheter une maison plus grande, mais les prix ont trop augmenté et il n'en est plus question.

Maman montre les dégâts d'un geste large.

— Ben va rentrer dans quelques jours. Il va falloir que tu reprennes cette situation en main.

— Et qu'est-ce que tu veux que je fasse? demande Melvin. Je devrais peut-être prendre un appartement?

Il a vraiment tout de l'ado vexé.

Maman se campe devant lui, une main sur la hanche.

— Tiens oui, vraiment? Quelle bonne idée! Je suis sûre que tu trouveras sans problème un propriétaire volontaire pour louer un appartement à un garçon de quatorze ans.

*

C'est moi qui évite la Troisième Guerre mondiale en suggérant que grand-papa range ses affaires dans ma penderie. J'ai beaucoup de place. Et puis, j'adore ranger, trier, organiser. Je ne le dis à personne, mais j'aime l'ordre. C'est peut-être mon côté scientifique.

J'appelle Melvin.

— Regarde, j'ai rangé ma penderie par genres

et espèces. Genre *pantalons*, espèce *leggings*, et à côté, espèce *shorts*. Pas mal, non?

— Bof, dit-il en accrochant une chemise.

Il accroche les cintres à l'envers. Il n'y a peut-être pas de règles officielles sur la manière d'accrocher les choses, mais j'ai passé assez de soirées à ranger les costumes dans les coulisses du théâtre pour savoir que si on les accroche avec le cintre crochet fermé vers l'arrière, il est beaucoup plus difficile de les sortir de la penderie quand on en a besoin.

— Pourquoi accroches-tu tout à l'envers?

Grand-papa me regarde.

— C'est comme ça que faisait ta grand-mère.

Je ne savais pas ça. C'est vrai que j'ai peu connu ma grand-mère.

Elle est morte quand j'étais petite, et mes souvenirs d'elle sont flous. Je ne sais même pas s'ils sont vrais ou si ce ne sont que les récits de ma mère, mais certains souvenirs sont très doux. Par exemple, elle gardait toujours une boîte de bretzels dans sa cuisine, pour les petites faims. Et elle conservait les piles électriques au réfrigérateur.

Nous réussissons à caser tous les vêtements de grand-papa dans ma penderie, et nous rangeons le reste de ses affaires dans des cartons. Je débarrasse l'étagère du haut pour que nous puissions y entreposer les cartons. Je suis en train de hisser le dernier quand il m'échappe; il tombe et son contenu s'éparpille partout.

— Oh, pardon!

Melvin soupire.

— Ce n'est rien.

Je l'aide à tout ramasser : il y a des photos, un certificat de naissance, des boutons brillants, des programmes de théâtre, des papiers et une mèche de cheveux attachée à une bague fine. Mais surtout, il y a des livres. Pas des classiques, mais de vieux romans d'amour brochés, tout jaunis par le temps. Des romans Harlequin avec des images de couples amoureux sur la couverture. J'en ramasse un et je lis le titre : *Captive du destin.*

— Ah oui, remarque Melvin, je me souviens très bien de celui-là.

— Tu lis des romans Harlequin, toi?

— J'ai lu tous ceux-là, oui. Plusieurs fois.

Je suis carrément stupéfaite. Je l'imaginais lire Einstein durant ses heures de loisir, mais pas ça. Pas des romans à l'eau de rose.

— C'est vrai? Mais ça ne te ressemble pas...

— Quand je travaillais au laboratoire la nuit, ta grand-mère me les lisait à haute voix pour me tenir compagnie. Ça passait le temps. Et quand elle est décédée, je me suis mis à les lire parce que ça m'aidait à me sentir proche d'elle.

C'est étrangement romantique, tout ça.

— Mais, dis-moi, me demande soudain Melvin, que penses-tu de Ben comme beau-père?

— Il est génial, dis-je.

Et c'est vrai. Ben n'essaie jamais d'être mon père. C'est plutôt un genre d'oncle vraiment cool. De plus, il aime jouer aux jeux vidéo avec moi.

— Je ne pourrais jamais faire ça, dit grand-papa.

— Faire quoi?

— Me remarier.

— Pourquoi pas? Tu n'es jamais sorti avec quelqu'un après la mort de grand-maman?

— Ta grand-mère est la seule personne avec

laquelle je sois jamais sorti! rétorque-t-il, l'air offensé.

— Tu n'es jamais sorti avec une autre personne? Pas une seule fois?

Ce n'est pas vraiment à moi de m'étonner; moi, je ne suis jamais sortie avec *quelqu'un*. De ma vie.

— Pourquoi faire?

— Mais tu ne te sens pas seul?

Il regarde dans le vague, avec sur le visage une expression que je ne sais pas déchiffrer.

— Bien sûr que je me sens seul. Mais quand ta grand-mère nous a quittés, j'étais bouleversé. Tu n'as pas idée de ce que c'était de la voir mourir du cancer à petit feu. J'avais deux doctorats et une vie consacrée à la science, et je ne pouvais pas arrêter une poignée de cellules malignes! J'aurais fait n'importe quoi pour la sauver, dit-il farouchement. N'importe quoi!

Entre nous, un silence s'étire pendant une longue minute.

— Je ne peux pas revivre ça, conclut grand-papa à voix basse.

— Je suis désolée d'en avoir parlé.

Je me sens mal; il a dû tant souffrir de son deuil.

— Mais non, tout va bien.

Il fait un geste comme pour chasser quelque chose et me sourit.

Il ramasse un autre roman : *Sables brûlants*. Un cheik élégant enlace une femme décolletée sur fond de chameaux dans le désert.

— Tiens, celui-ci était l'un de mes préférés, dit Melvin.

— Pourquoi?

— Oh, c'est simple : j'ai toujours rêvé de monter à dos de chameau.

## Les jeux

En sortant de ma chambre, je tombe sur la valise de Ben dans le couloir.

— Elle est vivante! annonce ma mère quand elle me voit entrer dans la cuisine. Nous allions envoyer des secours pour vérifier que tu n'avais pas été enlevée par des extraterrestres.

Je m'assois avec eux. Ma mère a l'air heureuse et Ben a l'air chiffonné. Ses cheveux partent dans tous les sens. Je lui demande :

— À quelle heure es-tu rentré?

91

— Vers deux heures du matin, je crois… C'est assez flou, dit-il en se grattant la tête. Il n'y a rien de tel qu'un vol de vingt et une heures pour vous épuiser.

Je n'oserai plus jamais me plaindre de la longueur du trajet en bus pour aller à l'école.

— Et le pire, c'est que je recommence dans trois jours, ajoute Ben avec un grognement épuisé.

Ma mère lui sourit.

— Mais ça vaut la peine, pas vrai?

— Toujours, dit-il en se penchant pour l'embrasser.

Ils sont tellement fleur bleue tous les deux.

— Est-ce qu'il n'est pas un peu trop tôt dans la journée pour ça? demande grand-papa d'un ton boudeur.

Il vient de débarquer dans la cuisine, en pyjama et mal réveillé.

— Il est midi, fait remarquer ma mère avec un sourire.

Même la mauvaise humeur chronique de grand-papa n'arrive pas à gâcher son bonheur.

— Content de te voir, Melvin, dit Ben. Méli m'a

dit que tu étais là.

Ben croit que Melvin est mon cousin parce que c'est ce que maman a dit à tout le monde, la première fois que grand-papa est venu vivre chez nous.

— On dirait, dit Melvin en bâillant. Je crois que je vais retourner me coucher. Je suis épuisé.

Il s'en va. Ma mère se tourne vers Ben et fait une grimace comique.

— Ça doit être « la puberté ».

*

Puisque Ben est là, nous sortons souper dans un bon restaurant italien. J'évite les champignons, évidemment. Après le souper, Ben propose un jeu de société.

Depuis que maman a épousé Ben, les jeux de stratégie ont fait leur apparition à la maison. Ma mère dit qu'en réalité, Ben est encore un grand enfant.

— Non, merci, dit Melvin. Je n'aime pas les jeux de société.

Je le supplie :

— Mais si, viens! On pourrait faire équipe!

Ma mère rit.

— Ah oui! Les adultes contre les ados!

— Des adultes? Où ça? dit grand-papa.

Elle lui fait une grimace.

— Allez, *le gamin*. Tu crois que tu pourrais me battre?

J'ajoute :

— S'il te plaît, Melvin?

— Bon, d'accord, marmonne-t-il.

Assis en rond autour de la table de la cuisine, nous jouons à un jeu compliqué qui met en scène des châteaux hantés, des spectres et des araignées géantes capables de dévorer un humain. Au premier coup d'œil, ça paraît facile, mais ça ne l'est pas vraiment. À n'importe quel moment, on peut se faire piquer par une araignée et il faut recommencer à partir de la case départ.

— Mais c'est ridicule! hurle grand-papa quand ça lui arrive pour la troisième fois. C'est idiot! Il faut *recommencer?*

Ma mère en profite.

— Enfin, Melvin, tu as sûrement appris quelque chose de tes deux premières vies?

Je sais qu'elle ne parle pas du jeu.

Les yeux sur le jeu, il fait semblant de ne pas l'avoir entendue.

— Je sais que nous prenons la route correcte vers le donjon, c'est mathématique.

— Comment ça, mathématique?

— Oui. Les jeux de stratégie sont entièrement fondés sur les maths.

— C'est vrai, dit Ben. J'ai fait une maîtrise de maths.

— Quel dommage de ne pas avoir continué, marmonne grand-papa dans sa barbe.

— Je ne trouve pas, dit Ben. Pour créer un bon jeu, il faut beaucoup de maths, mais aussi de l'imagination, l'art de raconter une histoire et de la physique.

— De la physique? demande Melvin.

— Oui, dit Ben en ramassant les dés. Mais ça, c'est la part essentielle du jeu.

— Quoi, les dés bleus? dis-je.

— De la chance, dit Ben. C'est la seule variable qu'aucun joueur ne peut maîtriser.

Il fait rouler les dés. Il obtient un cinq.

Ma mère fait glisser les pions jusqu'au donjon.

— Gagné! s'écrie-t-elle.

Ben me fait un clin d'œil.

— Et c'est aussi grâce à la chance que le jeu est amusant.

*

S'il y a un jeu avec lequel je ne suis pas familière, c'est les échecs. Tout ce que je sais, c'est que des retraités y jouent dans les parcs. Mais lors d'une compétition, est-ce que les joueurs portent un uniforme? Est-ce que le public les encourage? Est-ce qu'on sert des rafraîchissements? Je n'en sais rien, mais dans tous les cas, j'ai hâte d'assister au tournoi de Raj.

La salle polyvalente bourdonne d'activité. Les joueurs sont alignés face à face autour de longues tables, avec des échiquiers au milieu.

Raj porte des vêtements en cuir noir, style gothique des pieds à la tête, comme toujours. Il a ajouté un détail qui le fait ressortir encore plus que d'habitude : il porte des lunettes de soleil.

Son adversaire ne ressemble pas à ce que j'imaginais : blonde, les cheveux longs, elle porte un chandail à paillettes brodé d'une licorne. Je commence à croire que les films hollywoodiens m'ont mis des tas de stéréotypes dans la tête.

Et puis le championnat commence. Et je suis sidérée. Parce que c'est passionnant. Les mains s'envolent, les pions se renversent, les horloges sonnent. C'est comme la version jeu de société d'un sport de contact. On ne joue pas pour rire, tout ça est très sérieux.

Totalement concentré, Raj fixe son échiquier du regard. Ses mains déplacent les pièces, s'abattent sur l'horloge avec la précision de l'éclair. Il est sûr de lui, complètement pris par son jeu. À cet instant, il est beaucoup plus que l'ami avec qui je partage mes croustilles à l'heure du dîner. Je me souviens de la phrase de mon grand-père quand il parle de ce qu'on a vu des milliers de fois et qui vous apparaît soudain sous un regard neuf.

J'ai l'impression de voir Raj pour la première fois.

# La quiche

Le lendemain, à l'école, je retrouve Raj devant les casiers du vestiaire.

— Qu'est-ce que tu as pensé de la rencontre d'échecs? me demande-t-il.

— C'était super, mais je ne pouvais pas vraiment suivre parce que je ne sais pas jouer.

— Je peux t'apprendre si tu veux, dit-il.

— Tu crois?

Il me sourit.

— Mais oui.

Nous convenons de nous retrouver chez moi le lendemain, après les cours. Il doit faire une course pour sa mère, mais il viendra après.

Quand je rentre chez moi ce soir-là, un visiteur inattendu m'attend, mais cette fois je n'appelle pas le 911.

L'intrus est trop mignon.

Blotti sur le sofa du salon près de Jonas, le chat roux des voisins ronronne. Il est installé là comme s'il était chez lui. Je me plante en face de lui.

— Qu'est-ce que tu fais ici?

Il cligne des yeux sans se presser.

Je poursuis :

— Je suis sûre que ce n'est pas ta maison.

Grand-papa entre dans la pièce.

— Tu as un autre chat?

— C'est le chat des voisins; il a dû suivre Jonas et entrer par la chatière.

— Eh bien, j'espère qu'il n'a pas de puces.

— Je croyais que tu aimais les puces?

— Seulement en dessin.

Je prends le chat dans mes bras pour le porter dehors, dans son jardin. Il me regarde sans réagir.

— Allez! Rentre chez toi!

Je me dirige vers la cuisine.

Puisque Raj vient m'apprendre à jouer aux échecs, je vais préparer un plat spécial. Je décide de faire une quiche. C'est facile à faire, surtout avec une pâte toute prête. Mais ma mère est très occupée au théâtre et le frigo est vide : pas d'épinards ni d'autre ingrédient approprié. Finalement, je fais une quiche aux œufs, au fromage... et au tofu.

Je la glisse dans le four, puis, quand le minuteur sonne, je la sors et la pose sur le comptoir pour la laisser refroidir. Même avec le tofu, elle a l'air super bonne.

L'odeur de quiche attire aussitôt mon grand-père qui arrive dans la cuisine, le nez en l'air.

— Qu'est-ce que tu as cuisiné?

— Une quiche.

— Quelle bonne idée, dit-il en s'emparant d'un couteau.

Il est sur le point de découper la quiche quand je surgis derrière lui pour l'en empêcher.

— Non! Attends! Tu ne peux pas la couper!

— Pourquoi pas?

— Parce que c'est pour Raj.

— La quiche entière?

— Non, évidemment. Tu pourras en prendre plus tard, quand il sera arrivé.

— Mais j'ai faim maintenant, moi!

De la tête, je fais un *non* catégorique.

— Ah bon, très bien. Alors j'imagine que je n'ai plus qu'à aller à l'épicerie d'à côté me chercher quelque chose à manger. Et pendant que j'y suis, j'en profiterai pour acheter le journal.

Il sort de la cuisine à grands pas furieux.

— Bon appétit! me lance-t-il d'un ton rageur.

*

La sonnette retentit, et quand j'ouvre la porte, je vois Raj sur le seuil. Il a une boîte en bois dans les mains. Il a l'air de sortir de la douche, parce que ses cheveux sont mouillés, mais pas lissés au gel. Ils bouclent un peu.

— J'ai apporté mon jeu d'échecs, annonce-t-il avec un grand sourire.

— Génial. Entre.

— Où est Melvin? demande Raj en me suivant dans le couloir.

— Il est allé acheter un journal.

Jonas vient se frotter contre les jambes de Raj, qui se penche pour lui gratter la tête.

— Salut, Jonas, dit-il.

Je raconte à Raj que j'ai trouvé le chat des voisins sur notre sofa. Il trouve ça hilarant.

— Ton chat organise des fêtes avec ses copains pendant que tu as le dos tourné? Tu crois que ça dure depuis longtemps?

— Je me le demande. Ce chat a l'air de bien connaître la maison.

— Les bêtes ont une vie secrète et personne n'est au courant!

Nous nous asseyons à la table de la cuisine. Raj installe le jeu en me montrant les pièces une à une.

— Le plus important, c'est le roi, suivi de la reine, et puis il y a les cavaliers, les fous, les deux tours et les huit pions.

Ça me fait penser à Shakespeare. Dans ses pièces aussi, les personnages sont des gens de cour.

Raj me montre quelques déplacements de

base, et nous faisons une pause pour manger. Je coupe la quiche.

— C'est bon! dit Raj.

Mais je ne mange que la croûte. La partie aux œufs me paraît un peu détrempée.

— Je ne suis pas sûre de ce tofu, il est un peu détrempé, j'explique.

— Je vais le manger, ça réglera le problème.

— Nous sommes parfaits, tous les deux, dis-je.

Je vois une expression indéchiffrable passer sur son visage.

— Parfaits?

— Mais oui! Tu manges l'intérieur et je mange la croûte. À nous deux, nous sommes des mangeurs de quiche parfaits!

— Élise, commence Raj la bouche pleine, je me demandais si tu...

Grand-papa déboule dans la cuisine comme une fusée, une main sur la joue.

— Élise! hurle-t-il.

— Salut, Melvin, dit poliment Raj.

Grand-papa ne lui accorde pas un regard.

— Élise, ta mère a-t-elle un dentiste? me

demande-t-il.

— Pourquoi? Qu'est-ce qui ne va pas?

— J'ai mal à une dent! J'ai croqué un bonbon, et ma couronne est tombée!

Il montre, au creux de sa main, une énorme couronne en or.

Raj émet un long sifflement.

— Ça fait beaucoup d'or…

— Si j'avais mangé de la quiche, ça ne serait jamais arrivé, dit grand-papa en fronçant les sourcils.

— J'appelle maman, dis-je.

*

Les dentistes et les médecins pour enfants ont toujours des salles d'attente très joyeuses, je me demande bien pourquoi. Celui-ci a décoré ses murs d'hippocampes souriants. Pourquoi souriants? Ça n'a rien de drôle de se faire soigner une carie.

— Non, mais je te jure, soupire ma mère, c'est exactement comme avoir un deuxième enfant.

— Au moins tu n'auras pas à payer ses études à l'université, lui fais-je remarquer. Il a déjà deux doctorats.

— Ha! ha!

Dix minutes plus tard, la dentiste ouvre la porte et nous fait entrer dans son cabinet. L'endroit est minuscule; Melvin est assis sur le fauteuil, un petit bavoir en papier autour du cou. Il a l'air pitoyable.

— Il va falloir arracher cette dent, annonce la docteure Green.

— Arracher? répète ma mère en portant la main à sa propre joue.

La dentiste nous indique une radio qui apparaît sur l'écran de son ordinateur. Elle montre une trace grise sur la dent.

— Elle est fendue. Il y avait une carie énorme sous la couronne.

Mon grand-père marmonne quelque chose.

— Et dites-moi, qui est son dentiste?

— Je ne sais pas exactement, dit maman.

— C'est étrange, je n'ai jamais vu ce genre de travail sur un patient âgé de moins de soixante ans, dit la docteure Green.

Elle n'en a aucune idée.

— Et je vais vous donner une recommandation

pour un orthodontiste. Il a une surocclusion prononcée.

Je demande :

— Moi aussi, j'avais ce problème. C'est peut-être génétique?

Ma mère se contente de soupirer.

— Je ne peux pas croire que quelqu'un d'autre dans cette famille ait encore besoin de porter un appareil.

— Un appareil? gémit grand-papa.

# L'événement

Quand j'étais à l'école primaire, l'éducation physique, c'était amusant. On jouait au handball et aux quatre coins. On avait des cerceaux. Mais à l'école secondaire, c'est une autre histoire. Les enseignants sont sadiques et les uniformes puent. Vraiment. Personne ne les rapporte jamais à la maison pour les laver.

Ce que je déteste plus que tout, c'est faire des tours de piste. C'est ennuyeux à mourir, et je suis toujours l'une des dernières à finir.

Aujourd'hui, il faut courir 1 600 mètres. C'est une vraie torture.

Une voix m'appelle.

— Salut, Élise!

C'est Brianna qui me rejoint. Brianna est exactement mon contraire : elle adore le sport, elle fait partie de l'équipe de volleyball de compétition, et elle est vraiment athlétique.

Elle ralentit pour rester à mon niveau.

— Comment vas-tu? me demande-t-elle.

— Ça va, dis-je en haletant.

— Ton cousin est dans ma classe en maths. Il est vraiment très fort! Il termine ses tests avant tout le monde.

J'imagine que ça aide d'être titulaire de deux doctorats. Je lui demande :

— Quoi de neuf chez toi?

— Mon père veut que j'arrête le handball pour faire du softball l'année prochaine.

Elle n'a pas l'air très heureuse de la situation. Son père est très autoritaire. C'est le genre de parent qui crie après les entraîneurs.

— J'ai toujours aimé ton père, me confie

Brianna. Il était si drôle. Tu te souviens, quand il venait nous chercher à la danse avec son costume de théâtre sur le dos?

Un soir, il était en retard. Alors il était venu nous chercher avec son costume du *Fantôme de l'Opéra*. Ma mère dit que les parents en ont parlé pendant des années.

Nous courons tranquillement sur la piste. C'est facile de parler à Brianna, et réconfortant. C'est comme enfiler un vieux chandail très doux.

Nous arrivons au dernier tour de piste.

— On pourrait se voir en dehors des cours? demande Brianna.

Je la regarde, et je vois sur son front la petite cicatrice blanche qui date du jour où un enfant l'avait frappée avec sa boîte à dîner, en première année. J'étais là quand c'était arrivé. Je lui avais tenu la main à l'infirmerie parce qu'elle pleurait. Nous avons partagé des tas de moments comme celui-là, et elle m'a manqué dernièrement.

— Oui, j'aimerais vraiment ça, dis-je.

*

Le reste de la journée passe comme d'habitude.

C'est un mélange confus de tests, de notes à prendre et de pauses trop brèves entre les cours. Le soir arrive enfin. Je file vers le distributeur automatique pour acheter une barre de céréales.

M. Boineau me croise.

— Tes mouches sont superbes, dit-il. Fais bien attention à ne pas les laisser s'envoler. Ça nous est arrivé il y a quelques années, et le gardien m'en parle encore. C'était vraiment une catastrophe.

Je réponds automatiquement :

— Pas de souci, je ferai attention.

Il s'éloigne, et je mords dans ma barre de céréales.

Tout à coup, je réalise ce que M. Boineau vient de me dire, et je m'étouffe.

*S'envoler?*

Je cours jusqu'au laboratoire. Et quand j'arrive, je n'en crois pas mes yeux.

Dans le bocal avec l'axolotl, les mouches ont... *des ailes!*

C'est arrivé!

L'Événement avec un grand E.

Je reste pétrifiée devant le bocal. Fleming

a-t-il ressenti la même chose quand il s'est trouvé devant son disque de Pétri couvert de moisissures?

Melvin entre dans la pièce un instant plus tard.

— Je meurs de faim, m'annonce-t-il. Est-ce qu'on pourrait s'arrêter à la pizzeria en rentrant?

— Elles ont des ailes!

— Qui, les pizzas?

— Les mouches! Il leur a poussé des ailes!

— Non, ce n'est pas possible, dit-il en faisant la grimace.

— Mais regarde!

Il se penche vers le bocal; ses yeux s'écarquillent.

— Elles ont des ailes, chuchote-t-il.

— Je sais.

Il se tourne vers moi et me saisit aux épaules. Il déborde d'excitation. S'il était un ballon, il exploserait.

— Elles ont des ailes! hurle-t-il.

Je répète presque aussi fort que lui :

— Elles ont des ailes!

Nous nous mettons à danser et à faire des bonds autour de la pièce en riant comme des malades.

La porte du laboratoire s'ouvre. Une enseignante passe la tête et nous nous immobilisons.

—Tout va bien ici? Je passais par là et j'ai entendu des cris...

Grand-papa et moi nous regardons. Il se ressaisit le premier.

— Oui, tout va bien. Nous faisons un élevage de mouches. Et c'est très intéressant.

— Un élevage de mouches? Hum... Très bien, alors. Amusez-vous bien. Mais faites un peu moins de bruit.

La porte se referme. Nous nous regardons encore, Melvin et moi.

—Alors ça, c'était un moment digne de Hollywood, dis-je.

— C'est possible, dit grand-papa.

*

Melvin veut examiner les mouches ailées au microscope. Il prend le bocal et sort du laboratoire. Je cours derrière lui.

— Hé! Attends! Où vas-tu?

— À la salle des professeurs.

— Pourquoi?

— Parce qu'il y a sûrement un frigo.

Melvin y entre sans hésitation. Je reste dans le couloir pendant qu'il fonce droit sur le réfrigérateur. Il glisse le bocal dans le congélateur.

— Mais qu'est-ce que tu fabriques?

— Le froid anesthésie les mouches. Ça ne va pas les tuer. Elles vont simplement cesser de bouger.

— Oh.

Comme la pièce est vide et le couloir aussi, je m'aventure prudemment à l'intérieur en refermant la porte derrière moi.

Au bout de quelques minutes, il sort le bocal du congélateur. Plus rien ne bouge à l'intérieur.

De retour au laboratoire, Melvin fait tomber quelques mouches dans un disque de Pétri qu'il glisse sous le microscope. Il approche son œil de l'oculaire.

— Incroyable… murmure-t-il.

— Je peux regarder?

Il me laisse la place.

Je cligne d'un œil pour mieux voir. La plupart des mouches ont des ailes complètement développées; certaines n'ont que des moignons.

— Je suppose que mon hypothèse était juste, alors? dis-je.

— Si l'axolotl peut faire repousser les ailes des mouches, il peut sûrement aussi faire pousser d'autres parties du corps! Des organes, des tissus, des cellules sanguines. Imagine les applications scientifiques! dit Melvin, tout excité.

Je ne sais pas quelles applications scientifiques on peut en tirer, mais je suis sûre d'une chose. J'indique le disque de Pétri où les ailes toutes neuves des mouches commencent à remuer.

— Elles se réveillent!

Nous les remettons dans leur bocal.

# Tremblement de terre

— J'ai une bonne nouvelle, annonce ma mère : Prospero a fini par apprendre son rôle!

— C'est super, dis-je.

Nous sommes dans sa chambre en train de plier le linge. Son lit est assez grand pour qu'on puisse tout étaler. Jonas s'est installé sur une pile de serviettes toutes chaudes, sortant juste de la sécheuse.

Maman plie une chemise en un carré impeccable en deux temps, trois mouvements.

115

Elle est la championne du pliage : quand elle était à l'école secondaire, elle a travaillé chez Gap.

— Il se passe des choses intéressantes dans ta vie ces temps-ci? me demande-t-elle. J'ai peur de t'avoir un peu négligée avec cette pièce de théâtre.

J'ai envie de lui parler des drosophiles, mais c'est le secret de grand-papa et le mien. Nous sommes comme les chats des voisins qui vont et viennent dans la maison : personne ne sait vraiment ce qui nous occupe. Je décide d'éluder la question.

— J'ai passé pas mal de temps avec grand-papa.

La queue de Jonas frémit. Il rêve.

— Jonas est tellement mignon, dis-je.

— À propos de mignon, dit ma mère en haussant les sourcils, y a-t-il quelqu'un qui t'intéresse particulièrement cette année?

J'hésite.

— Il y a un garçon qui est intéressant...

Les sourcils de ma mère se haussent encore.

— Vraiment? Qui?

Je réponds en montrant Jonas qui se prélasse sur les serviettes.

— Ce garçon-là!

Je le prends et je le serre dans mes bras. Mais il se libère, l'air offensé. Il file hors de la chambre.

— Très drôle, dit ma mère.

Mais la vérité, c'est que depuis le tournoi d'échecs, j'ai l'impression que quelque chose a changé entre Raj et moi. J'essaie de me l'expliquer de manière scientifique.

Quelle est la valeur de l'hypothèse de Nous?

Nous faisons connaissance, devenons amis, puis meilleurs amis. Cela veut-il dire que nous pouvons devenir plus que des amis?

— C'est bizarre la manière dont les vêtements sales de ton grand-père apparaissent mystérieusement dans notre pile de linge, remarque maman en tenant un polo.

— Il sait que tu finiras par les laver.

— Je ne sais pas comment ma mère a pu le supporter pendant tant d'années.

— Tu savais que grand-maman aimait les romans à l'eau de rose?

— C'est vrai. Elle en avait toujours une pile près de son lit. Mais comment sais-tu ça? me

117

demande maman, étonnée.

— Grand-papa les a gardés.

— Hum…

Je demande :

— Elle avait quel genre de cancer?

— Le genre vicieux et rapide. Le cancer du pancréas. Mais vers la fin, il n'était pas encore assez rapide.

— Comment ça?

— Son cancer était déjà très avancé quand il a été diagnostiqué. Ton grand-père tenait à essayer toutes les chimiothérapies et radiations et tous les traitements expérimentaux possibles. Moi je voulais simplement qu'elle puisse vivre ses derniers moments en paix, dans le jardin. Elle adorait être dehors au milieu de toutes ses fleurs.

Je repense au blogue de Melvin, à toutes ses photos de fleurs.

*Je te vois partout.*

Ma mère soupire.

— C'était une période très difficile pour ton grand-père et moi. Nous nous sommes énormément disputés.

— Et grand-maman, elle voulait quoi?

Le visage de maman se referme.

— Je crois qu'elle voulait surtout que nous soyons heureux tous les deux, dit maman tristement. Mais au bout du compte, personne ne l'a été parce qu'elle est morte.

Elle se ressaisit et m'offre un sourire un peu tremblant.

— Ça suffit avec les conversations sérieuses. Nous avons une mission importante, toi et moi.

— Une mission?

L'air malicieux, elle ramasse une brassée de vêtements de grand-papa.

— Il ne faut pas encourager les mauvaises habitudes! Nous allons « égarer » ces vêtements, par exemple dans un sac-poubelle, en compagnie de quelque chose qui sent bien mauvais. Je crois qu'il y a un vieux fromage dans le bas du frigo, ça fera parfaitement l'affaire...

Quelquefois, je me demande qui, dans cette maison, est en pleine crise d'adolescence.

*

Le lendemain, au dîner, Raj et moi regardons

119

mon grand-père s'empiffrer de pizza au pepperoni. En moins de deux minutes, il dévore deux pointes. Je crois que je n'ai jamais vu quelqu'un manger si vite. C'est un record scientifique.

Quand il a tout fait disparaître, il se lève en rotant. Je lui demande :

— Vas-tu chercher plus de pizza?

— Je pense que je vais aller à la bibliothèque, répond Melvin.

— Pourquoi êtes-vous si pressé? demande Raj.

— J'ai des recherches à faire.

Il ramasse son sac et file.

— Melvin pète le feu, remarque Raj. On dirait qu'il a retrouvé la forme.

Mon grand-père s'est transformé. Il a un ressort sous ses chaussures. Il est vif, dynamique, décidé. Il passe son temps à griffonner des notes dans son carnet.

Je commence à penser que les ailes des mouches n'ont pas été notre découverte la plus importante. On dirait que grand-papa s'est redécouvert aussi.

— C'est votre projet scientifique qui l'excite comme ça? me demande Raj.

— Oui, c'est ça.

Raj hoche la tête avant d'ajouter.

— Un nouveau film d'horreur sort ce vendredi.

— C'est sur quoi?

— Sur les zombies.

— Ooooh!

J'aime bien les films de zombies.

— Je me demandais si tu avais envie d'aller le voir avec moi. On pourrait, euh… sortir ensemble.

J'ai l'impression que le sol tremble sous mes pieds, même si autour de nous tout est normal. C'est un tremblement de terre.

*Raj me demande si je veux sortir avec lui!*

Je ressens la même anxiété subite que chez le coiffeur, lorsqu'il a été question de me teindre les cheveux en bleu. Mais cette fois, c'est encore pire qu'une histoire de couleur.

— Tu veux dire, rien que nous deux?

Il n'a plus l'air sûr de lui du tout.

— Euh… on pourrait y aller à plusieurs aussi.

J'ai l'impression que ce serait plus facile.

— Faisons comme ça, alors, dis-je très vite.

— D'accord.

— Le film est à quelle heure?

— Neuf heures et demie. On pourrait peut-être aller manger quelque chose avant? Il y a un nouveau resto à côté du cinéma. Il paraît qu'il est super.

— Ça me paraît une bonne idée.

— Et qui veux-tu inviter? demande Raj en inclinant la tête.

Je réfléchis.

— Laisse-moi m'en occuper.

*

Je pose la question à Brianna pendant que nous faisons des étirements sur l'herbe en cours d'éducation physique.

— C'est une bonne idée, dit-elle. Et qui d'autre vient?

— Pour le moment, c'est seulement moi, Raj et toi.

— Il nous faut une quatrième personne.

Elle a raison. Quand j'étais petite, ma mère disait toujours que trois enfants invités à jouer ensemble, c'était la catastrophe assurée.

— On pourrait demander à Melvin? suggère

Brianna.

Intérieurement, je pousse un gémissement. Je sais que Melvin lui plaît, mais quand même, je préférerais ne pas sortir pour la première fois avec Raj en compagnie de mon grand-père.

— Il n'aime pas vraiment les films d'horreur...

— Mais il n'a pas l'air d'avoir beaucoup d'amis. Ça lui ferait peut-être du bien de sortir un peu?

Là, je pense : *qu'est-ce qui pourrait arriver de si terrible, après tout? Melvin est un adulte...*

— D'accord, dis-je.

L'enseignante d'éducation physique souffle dans son sifflet.

— Allez! Prêts pour des tours de piste?

Je soupire.

— Je cours avec toi, propose Brianna.

— Tu es sûre? Je vais te ralentir...

Brianna m'aide à me relever en souriant.

— Allez, on y va.

# Hamburgers
# et laits maltés

— Je croyais que nous allions seulement souper? me demande Melvin.

Nous avons pris le bus pour le cinéma. C'est la première fois que je prends le bus aussi tard. J'ai l'impression d'enfreindre la loi. Je réponds :

— Nous allons souper, et ensuite, voir un film.

Je ne lui ai pas vraiment « demandé » s'il avait envie de sortir ce soir. Je lui ai expliqué que maman avait des répétitions toute la soirée et qu'elle ne voulait pas me laisser prendre le bus

toute seule. Il fallait donc qu'il m'accompagne.
J'ai pensé que ce serait plus simple que de lui
demander de passer la soirée avec Brianna, Raj et
moi. Je savais que si j'en faisais une question de
sécurité, il allait accepter. C'est mon grand-père
après tout.

Le restaurant est décoré dans le style années
1950. Il y a même une fontaine à sodas, et un
juke-box qui hurle du rock d'époque. Les serveurs
et serveuses ont l'air de sortir du film *Grease*.

Brianna et Raj sont déjà installés quand nous
arrivons.

— Salut, Melvin! dit Brianna avec un sourire.

— Bonsoir, dit poliment grand-papa.

Nous nous asseyons sur une banquette en
vinyle rouge vif devant une table en Formica.

— J'adore cet endroit! dit Brianna. Nous
sommes venus à l'ouverture, mes parents et moi.

Le serveur vient prendre notre commande.
Je regarde le dos du menu : tous les parfums de
soda et de laits frappés habituels y sont, et une
chose que je ne connais pas : du lait malté. Je me
renseigne auprès du serveur.

— Qu'est-ce que c'est, un lait malté?

Melvin se redresse, intéressé.

— Ils ont des laits maltés? Ça fait des années que je n'en ai pas goûté! C'est délicieux.

— Nous en avons au chocolat, à la vanille ou à la fraise, précise le serveur.

Le visage de Melvin s'illumine.

— J'en prendrai un au chocolat.

— Moi aussi, j'ajoute.

— Et moi pareil, dit Brianna.

— Et une limonade gingembre, dit Raj.

Le serveur s'éloigne. Brianna se penche vers Melvin.

— J'ai vu la bande-annonce du film, ça a l'air génial!

— Et c'est un film sur quoi, au juste? demande grand-papa.

— C'est une histoire post-apocalyptique. Tout le monde est transformé en zombies.

— Hum, dit grand-papa. C'est bien un truc d'école secondaire, ça.

Brianna éclate de rire.

— Tu es tellement drôle, Melvin!

Le serveur arrive avec nos boissons.

Mon grand-père prend une gorgée, et une expression de pur bonheur apparaît sur son visage.

Je goûte à mon lait malté. C'est comme un lait frappé, en plus épais, avec un goût de boules de malt enrobées de chocolat.

— Puis-je prendre votre commande pour le souper? demande le serveur.

— Je prendrai un burger végétarien avec toutes les garnitures, dit Raj.

Je n'ai pas eu le temps d'étudier le menu, alors je commande la même chose. Ben serait content.

— Pour moi, ce sera un hamburger au fromage, annonce Brianna.

— Quelle cuisson?

— Saignant, s'il vous plaît.

— Et vous, monsieur? demande le serveur à Melvin.

— Un hamburger avec de la laitue et des cornichons. Bien cuit. Mais vraiment cuit, d'accord?

— Bien cuit, répète le serveur en s'en allant.

Dès qu'il a le dos tourné, Melvin se tourne vers Brianna.

— Ce n'est pas une bonne idée de demander de la viande saignante.

— Mais c'est toujours comme ça que je la prends, dit-elle.

— Et tu prendras aussi une bonne petite salmonellose? Ça fait vomir et ça donne la diarrhée.

Brianna pâlit à vue d'œil, mais Melvin est lancé.

— Il y a aussi la listériose... Intéressant également : ça donne des convulsions, de la fièvre, et on a une chance sur cinq d'en mourir.

— Je peux mourir d'avoir mangé un hamburger au fromage?

Ce n'est *pas du tout* comme ça que je voyais notre soirée. Mais pas du tout.

Je sors mon téléphone.

— Hé, Melvin! Maman a appelé. Elle veut que tu la rappelles.

Je le sors du restaurant.

Il me tend la main.

— Donne-moi ton téléphone pour que je rappelle ta mère.

— Elle n'a pas appelé. Mais il faut que tu arrêtes!

— Que j'arrête quoi?

— Arrête de raconter des horreurs!

— Je suis un scientifique. Je me contente de faire remarquer des faits.

— Non, ce que tu fais, c'est gâcher complètement notre souper!

Il fronce les sourcils.

— Bon, bon, très bien. Je ne parlerai plus de diarrhée ni de vomiss...

— Grand-papa! Je suis sérieuse.

Nous rentrons. Avant d'arriver à notre table, il marmonne :

— Ne viens pas te plaindre si ton amie meurt dans d'atroces souffrances.

*

Quand nous rejoignons les deux autres, Melvin est plus calme. Il se fait discret. Raj m'adresse un clin d'œil, et je reprends un peu espoir de sauver la soirée.

129

— Dis-moi, Melvin, demande Brianna d'un air enjoué, tu as un sport préféré?

— Est-ce que j'ai l'air d'un sportif?

— Tu as l'air d'un surfer, dit Brianna.

— C'est à cause de tes cheveux longs, lui fais-je remarquer.

— Je ne perds pas mon temps avec des bêtises pareilles, répond Melvin.

Brianna ne se décourage pas.

— Et tu écoutes quel genre de musique?

Melvin semble étonné. Il réfléchit un moment.

— La musique qu'on entend ici est excellente.

— Oui, mais je veux dire, tu as un groupe préféré?

— Andy Williams, je suppose.

— Oh, dit Brianna. Je n'en ai jamais entendu parler.

Elle fait une recherche rapide sur son téléphone.

— Ah oui, ma grand-mère l'aime bien aussi. Mais… c'est de la musique de vieux, non?

Raj s'étouffe dans son soda.

— Ce n'est pas de la musique de vieux, se

défend Melvin. C'est classique!

Pour essayer de trouver un point commun entre eux, Brianna poursuit son questionnaire. Quelle est sa série télé préférée? (Aucune, la télévision est une perte de temps.) Quelles applications aime-t-il avoir sur son téléphone cellulaire (C'est quoi une application?) Et quel cellulaire trouve-t-il bon? (Aucun, les cellulaires sont une perte de temps.)

C'est pénible à voir. Il n'est pas particulièrement impoli, mais il ne cache pas que Brianna et lui n'ont absolument rien en commun à part d'être tous les deux des organismes vivants.

Enfin, le serveur nous sauve en arrivant avec les plats.

— Comment est ton hamburger, Melvin? demande Brianna.

— Très bien cuit, merci.

Au bout d'un instant, mon grand-père relève la tête.

— Je voudrais bien un verre d'eau. C'est détestable cette façon qu'ont les restaurants maintenant de ne donner de l'eau que sur commande.

Il y a du monde, et notre serveur est occupé avec une grande tablée qui vient d'arriver. Il passe deux fois près de nous en ignorant les signaux de Melvin.

Grand-papa se lève, son verre vide à la main.

— Excusez-moi, dit-il très fort, puis-je avoir de l'eau, s'il vous plaît?

Pétrifiée de honte, je baisse la tête vers mon assiette. Le sol va peut-être s'ouvrir pour m'engloutir? Le bruit d'un verre qui se brise me fait lever les yeux.

Le restaurant est silencieux.

Mon grand-père est debout. Il a les mains crispées sur le ventre, une expression de douleur atroce sur le visage. Le verre brisé gît à ses pieds.

— Melvin? crie Brianna. Ça va?

Les yeux de Melvin se révulsent.

Il s'effondre par terre.

# Les urgences

Le vendredi au service des urgences, c'est comme essayer de trouver une place assise à l'aire de repas quand vous êtes le dernier de la queue. En plus c'est rempli d'ivrognes et de gens agressifs qui se sont battus. Pas du tout le genre de gens avec qui on a envie de passer la soirée.

Raj et moi sommes assis dans la salle d'attente. Brianna est rentrée chez elle, mais Raj a insisté pour m'accompagner quand l'ambulance est arrivée. Je suis contente qu'il soit là; je me sens terriblement impuissante.

— C'était peut-être le hamburger? suggère Raj.

— Tu crois?

— Il avait peut-être tort avec son histoire de viande bien cuite.

Ma mère franchit en trombe les portes du service des urgences.

— Qu'est-ce qui s'est passé?

— Je ne sais pas! Il s'est évanoui au restaurant.

Une infirmière nous amène dans la salle d'examen. Grand-papa est allongé sur un lit entouré de rideaux. Des fils le relient à des moniteurs qui bourdonnent. Il s'est réveillé brièvement après sa chute, mais il était étourdi dans l'ambulance. Maintenant, il dort. On le prendrait facilement pour n'importe quel adolescent malade.

Un médecin s'adresse à ma mère.

— Quel âge a votre fils?

— Mon neveu. Il a… euh…

Il est temps d'intervenir.

Je réponds d'un ton assuré :

— Quatorze ans. Qu'est-ce qu'il a?

— On dirait que c'est une crise d'appendicite. Mais j'ai besoin de faire plus d'examens.

— Est-ce qu'il faudra l'opérer? demande ma mère.

— Si c'est bien l'appendicite, oui. Mais ne précipitons pas les choses. J'ai besoin de plus d'informations. A-t-il des problèmes de santé?

Ma mère semble déstabilisée.

— Euh… je crois qu'il a une tension artérielle trop élevée.

— Tiens. C'est un peu inhabituel, dit le médecin en notant quelque chose dans son carnet.

— Et de l'arthrite, ajoute maman.

— Arthrite rhumatoïde?

— Je ne sais pas exactement.

— Autre chose qui pourrait m'aider? Un changement récent dans son régime alimentaire?

— Il a mangé un hamburger ce soir, dis-je.

— Très cuit, ajoute Raj.

— C'est bon à savoir. Nous allons le faire admettre et nous reviendrons quand nous y verrons un peu plus clair.

*

Peu après une heure du matin, le médecin vient nous informer : ce n'est pas une appendicite. Il veut quand même garder mon grand-père en observation, et il nous renvoie chez nous.

Nous déposons Raj chez lui. Je me penche vers lui pour lui dire au revoir.

— Merci d'être resté.

— Pas de souci. J'espère que Melvin ira bien.

— Moi aussi. Je te donnerai des nouvelles demain matin.

Et c'est seulement quand je me glisse enfin dans mon lit que ça me revient : nous n'avons pas vu notre film de zombies.

*

Le service de pédiatrie a une décoration ridiculement joyeuse. C'est dix fois pire que le cabinet du dentiste. Des animaux de la jungle forment une fresque sur les murs : des girafes, des éléphants, des rhinocéros. Une aire de jeux peinte de couleurs vives offre des meubles colorés et un aquarium tropical géant. Les infirmières portent des blouses fleuries, et les stéthoscopes sont ornés

136

de petits nounours.

Je suis épuisée. Je n'ai pas bien dormi de la nuit parce que je n'arrêtais pas de penser à mon grand-père. En approchant de sa chambre, je sens le poids que j'ai sur l'estomac s'alourdir encore.

Jusqu'à ce que j'entende sa voix.

— J'ai faim! Je meurs de faim! Je n'ai pas soupé hier soir! Pourquoi est-ce qu'on ne me donne pas de la vraie nourriture ce matin!

Quand nous entrons dans sa chambre, il est en train de se disputer avec une infirmière.

— La gelée, ce n'est pas un déjeuner! hurle Melvin.

— C'est tout ce que le médecin de garde m'a autorisée à vous donner.

— Je vois qu'il se sent mieux, me murmure ma mère à l'oreille.

Un médecin entre, justement. Ce n'est pas le même qu'hier. Ignorant complètement Melvin, il se tourne vers ma mère et se présente.

— Nous n'avons rien vu d'inquiétant chez Melvin. Tous les examens sont bons. Les tests de laboratoire sont négatifs pour toutes les pathologies. Nous vous recommandons de nous le ramener dans une semaine, pour une visite de suivi. Et naturellement, de nous appeler à la moindre alerte.

— Excusez-moi! Le patient est là, dans son lit! s'écrie Melvin.

— Ah oui, pardon, dit le médecin.

— Et qu'est-ce ce qui a pu être la cause de son malaise? demande ma mère.

— Sans doute l'épuisement. On voit ça très fréquemment. Ces jeunes gens vont au-delà de leurs ressources physiques. Et la douleur était sans doute due à des gaz, puisqu'il venait de manger.

— Eh bien, je suis soulagée, dit ma mère.

— Si vous voulez suivre l'infirmier maintenant, il vous aidera à remplir le formulaire de sortie.

Tout le monde sort. Je reste seule avec grand-papa. Je lui demande :

— Comment te sens-tu?

— Fabuleusement bien!

— Alors tout ça, c'était vraiment des gaz?

— Bien sûr que non, ce n'étaient pas des gaz!

C'était mon appendice!

Là, je ne sais plus qui croire.

— Mais le médecin a dit que ce n'était pas l'appendice.

— Tu peux me croire. C'était bien l'appendice, dit-il en se tapotant le ventre.

— Comment tu le sais?

— Je le sais, parce que je n'en avais plus depuis mes dix-neuf ans, quand j'ai été opéré de l'appendicite. Et maintenant, j'en ai un!

Ma mâchoire manque de se décrocher.

— Mais... mais, comment ça?

— Je me suis injecté un peu d'axolotl, dit-il d'un air satisfait.

— Tu as fait... quoi?

— J'ai pensé que, puisque les ailes des mouches repoussaient, mes dents manquantes allaient repousser. Mais à la place, c'est l'appendice qui a repoussé! C'est un résultat intéressant!

J'ai du mal à y croire.

— Mais tu es complètement malade! C'est dangereux!

Ça n'a pas l'air de l'inquiéter le moins du

monde.

— Nous autres les scientifiques, nous savons prendre des risques! Et puis j'ai pensé que mes chances étaient de cinquante pour cent, comme pour Carroll et Lazear.

— Comme qui?

— James Carroll et Jesse Lazear. Deux médecins qui se sont laissé volontairement piquer par des moustiques porteurs du virus de la fièvre jaune. À l'époque, on se demandait si oui ou non, les moustiques transmettaient la fièvre jaune.

— Et alors, qu'est-ce qui leur est arrivé?

— Ils ont tous les deux contracté la fièvre jaune, évidemment.

— Donc, ils ont prouvé que leur hypothèse était fondée?

— Oui. Et Jesse Lazear en est mort.

Je sursaute.

— Il est mort?

— Bien sûr qu'il est mort! dit grand-papa en fronçant les sourcils. C'était une maladie mortelle à cette époque. C'est pourquoi ils tenaient tellement à découvrir le mode de propagation.

— Mais toi, enfin, qu'est-ce que tu avais dans la tête? Tu aurais pu mourir aussi!

Il chasse mes inquiétudes d'un geste.

— Ça a marché, non? Et maintenant, pourrais-tu s'il te plaît aller à la cafétéria me chercher un déjeuner décent? Des crêpes ou un sandwich aux œufs?

Je me dirige vers la porte, complètement abasourdie.

— Je prendrai des gaufres aussi, s'ils en ont, ajoute Melvin. Avec du bacon!

# Le film d'horreur

— J'ai vu Melvin entre deux cours aujourd'hui,
me dit Raj. Il a l'air d'aller bien.

— Oui, il va très bien maintenant.

Melvin a tiré un peu profit de son séjour à
l'hôpital. Il a passé tout le week-end allongé sur
le sofa en répétant qu'il était épuisé. Ma mère a
même fait sa lessive. Il aurait peut-être dû faire
du théâtre en fin de compte.

— Je n'arrive pas à croire que c'étaient
seulement des gaz, dit Raj. Il avait l'air de

tellement souffrir.

J'ai envie de lui dire que c'était parce que son appendice repoussait, mais je ne le fais pas.

Raj regarde autour de lui. L'aire de repas est bondée, comme d'habitude.

— Mais au fait, où est-il?

— Il doit être à la bibliothèque.

— Il y passe tout son temps. Tu crois qu'il a un faible pour Mme Barrymore?

J'éclate de rire.

— Impossible!

— Après tout, ils ont le même âge, tous les deux, fait remarquer Raj.

C'est vrai. Mais je ne vois vraiment pas grand-papa tomber amoureux. Il ne semble pas s'être remis de la mort de ma grand-mère.

— J'ai entendu dire partout que le film était vraiment bien, reprend Raj.

— Dommage...

— Tu voudrais qu'on aille le voir?

Si Raj était acteur dans la pièce de théâtre de ma vie, il aurait le premier rôle à coup sûr. Pas seulement parce qu'il est grand, gothique et beau.

Mais surtout parce qu'il est loyal. Il est resté à mes côtés tout le temps que j'ai passé dans cette horrible salle d'attente, aux urgences de l'hôpital, quand j'avais si peur.

— J'aimerais beaucoup.

— Et peut-être, cette fois, qu'on pourrait y aller tous les deux?

Ça me semble parfait.

*

Ma mère aime passer du temps dans les boutiques d'articles d'occasion, dans l'espoir de trouver des costumes pour ses pièces de théâtre. Parfois elle me rapporte des choses. Des chemisiers bouffants, des ceintures en vinyle de couleurs vives, des jupes style années 1970. C'est presque toujours trop voyant ou trop excentrique pour moi. J'aime le confort, les vêtements doux au toucher, et je déteste tout ce qui colle au corps.

Quand le vendredi soir arrive, je suis plantée devant ma penderie, perplexe. Pour une raison assez nébuleuse, j'ai envie de porter quelque chose *d'intéressant*. Je me décide pour l'une des trouvailles de ma mère : une chemise en soie avec un nœud de cravate, porté défait. C'est habillé, mais pas trop. Je ne veux surtout pas avoir l'air d'en faire plus que d'habitude, même si c'est ce que je fais en réalité.

— Tu es ravissante, dit ma mère. Je savais que cette chemise était faite pour toi.

Ananda, le frère aîné de Raj, est rentré de l'université. Il nous conduit au cinéma. Il n'est pas du genre bavard. Un jour, je lui ai demandé pourquoi il parlait si peu.

— C'est parce qu'il faut bien que quelqu'un écoute, m'a-t-il répondu.

Ce soir, Ananda ne dit rien comme à son habitude. Raj et moi bavardons sans cesse.

— Faisons un pari, propose Raj : qui va survivre à la fin, tu crois? Les zombies ou les humains?

— Les zombies!

Je me range toujours du côté des monstres; ils sont tellement incompris.

— Bon, moi, je parie sur les humains. Et on parie quoi?

— Facile : celui qui perd achète les croustilles barbecue pendant une semaine.

— Bien vu, dit Raj avec un grand sourire.

Nous arrivons devant le cinéma.

— À tout à l'heure! lance Raj.

Ananda se contente de hocher la tête.

Raj a déjà pris nos billets, alors nous n'avons pas à faire la queue. Nous achetons un grand sac de maïs soufflé (avec beaucoup de sel) et deux sodas (des racinettes).

À l'entrée, l'affiche nous prévient :

PRÉPAREZ-VOUS À ÊTRE TERRIFIÉS!

— Tu es prête à être terrifiée? me demande Raj.

— Je suis prête.

Et nous entrons dans la salle obscure.

*

L'une des raisons pour lesquelles j'aime les films d'horreur, c'est qu'ils ne me font pas peur. J'ai grandi au milieu des effets spéciaux, maquillages monstrueux et machines à faire de la fumée. Je sais comment fabriquer du faux sang et comment tomber raide morte sur une scène. Tout est illusion, au théâtre comme au cinéma.

Cela dit, je dois avouer que ce film-là me terrifie

vraiment. Et ça n'a rien à voir avec ce qui se passe à l'écran.

Raj m'a pris la main.

Et je me sens *bizarre*...

Je ne sais pas quoi faire. Je suis droitière, alors comment vais-je faire pour prendre mon soda? Et si je veux me lever pour aller aux toilettes? Et puis sa main transpire beaucoup. Je ne me souviens pas que Shakespeare ait mentionné ça dans une de ses pièces.

À la moitié du film, Raj lâche ma main pour prendre une gorgée de soda.

Je suis soulagée, ce qui me rend encore plus perplexe. Qu'est-ce que j'ai? Est-ce que je ne devrais pas préférer qu'il me tienne la main?

Je garde les yeux fixés sur l'écran. J'attends qu'il reprenne ma main.

Mais il ne le fait pas.

Je sais que je devrais prendre l'initiative, lui saisir la main à mon tour.

Mais je ne le fais pas.

*

Après le film, nous nous asseyons sur un banc

pour attendre Ananda.

— Le film était bien, non? demande Raj.

C'était épouvantable. Le maquillage des zombies était nul. Et pourquoi les humains vont-ils toujours se cacher à la cave? C'est le premier endroit où j'irais les chercher si j'étais un zombie.

— Oui, très bien, dis-je.

Nous sommes comme des gens qui viennent de pays différents et ne se comprennent pas. Nous ne parlons plus la même langue.

Sur le chemin du retour, nous sommes silencieux. L'ambiance est étrange. Même Ananda le sent.

— Alors, c'était comment ce film? nous demande-t-il.

Je sais très bien que si Ananda se met à bavarder de choses et d'autres, c'est que ça va mal. Très mal.

— C'était super, dis-je.

— Super, répète Raj.

Nous nous arrêtons devant chez moi.

— Merci de m'avoir déposée, dis-je poliment.

— À demain, répond Raj.

148

# Des zombies plus vrais que nature

Le lendemain, à l'école, je ne vois pas Raj... parce que je l'évite.

Et lui m'évite aussi.

Si nous nous croisons entre deux classes, nous regardons droit devant nous, en faisant semblant de ne pas nous voir.

C'est comme si nous étions devenus des zombies, plus vrais que nature.

Le pire, dans toute cette situation (nous sommes amis, mais peut-être plus que ça ou bien

149

peut-être que non finalement), c'est que Raj est la seule personne à qui je puisse parler des choses qui m'embêtent. Et maintenant, je ne peux plus. Parce que nous ne nous adressons plus la parole.

Au lieu de manger à la cafétéria, je prends une barre de granola au distributeur et je file au laboratoire de sciences. Je fais semblant d'être tellement occupée par mon projet pour le concours que je n'ai plus le temps de parler à Raj. Les mouches ailées ont l'air un peu ralenties, comme si elles déprimaient. Je les comprends.

Voilà où en est ma vie sociale : je n'ai de contact qu'avec des drosophiles.

D'habitude, M. Boineau corrige ses copies dans la pièce voisine, mais aujourd'hui, il est dans le labo. Il regarde ma barre de céréales.

— Ça n'a pas l'air très nourrissant, remarque-t-il.

— Ça ne l'est pas, j'avoue.

Il est en train de réchauffer une grosse part de lasagnes. Ça sent délicieusement bon. Il coupe les lasagnes en deux.

— Tiens, me dit-il en me tendant une part.

Goûte ça.

— Merci.

Nous mangeons un moment en silence. C'est excellent, crémeux, avec du poulet, des épinards et du fromage fondu.

— J'ai déjà acheté mes billets pour *La Tempête*, me dit-il.

— Ma mère sera très contente.

C'est difficile de remplir la salle à l'école. Parfois ma mère oblige ses élèves à assister au spectacle pour avoir une meilleure note.

— C'est drôle, poursuit M. Boineau. Quand j'étais à l'université, je voulais faire du théâtre.

— C'est vrai? Mais pourquoi avez-vous fait des sciences?

Il réfléchit un moment, l'air rêveur.

— Pendant les répétitions, je posais toujours trop de questions : pourquoi le metteur en scène n'utilisait-il qu'un projecteur? Pourquoi fabriquer des faux arbres pour le décor quand on pouvait acheter un ficus? Et ainsi de suite. Je rendais tout le monde dingue.

J'imagine sans peine. Une pièce de théâtre est

le résultat d'un travail collectif, mais on ne peut pas avoir plusieurs capitaines sur le même bateau.

— À cette époque, j'ai commencé à m'intéresser aux sciences; j'ai très vite su que c'était ma voie. Parce qu'en sciences, tout est basé sur des questions.

— Moi aussi, j'aime cet aspect des sciences, dis-je.

La cloche sonne; je me lève.

— Merci pour le dîner. C'était vraiment bon.

— C'est une nouvelle recette que j'ai mise au point. C'est meilleur avec des champignons de Paris qu'avec du tofu.

J'ouvre la bouche, mais aucun son ne sort. Je suis tétanisée. Enfin, je me ressaisis.

— Des... champignons?

— Oui. Les gros bouts, tu sais, dans la sauce? C'étaient des champignons.

Je suis stupéfaite. Les lasagnes n'avaient pas un goût de champignons du tout. Elles étaient tout simplement *exquises*.

— Je croyais que c'était du poulet...

Il se met à rire.

— Oh non! J'essaie de manger végétarien ces jours-ci.

Comme tout le monde.

*

Au bout de quelques jours, j'en ai assez de passer mes dîners au laboratoire. Je décide de faire comme Melvin et d'aller à la bibliothèque. Quelques petits groupes d'élèves s'y réunissent, absorbés pour la plupart par les écrans d'ordinateur. Je m'attends à voir Melvin parmi eux, mais pas du tout : il est en train d'aider Mme Barrymore à ranger les livres sur les rayons.

Je me glisse derrière eux, dans une allée adjacente, et je tends l'oreille. Melvin tient un livre à la main : *Ne tirez pas sur l'oiseau moqueur.*

— Alors ça, c'était un bon film, dit-il.

— Pour moi, dit Mme Barrymore tendrement, Gregory Peck restera toujours Atticus Finch. Mon mari adorait ce film.

— Pourquoi ne vous êtes-vous pas remariée?

Je pensais que Mme Barrymore allait répondre : « c'est un peu personnel », ou bien « ça ne regarde que moi », mais elle réfléchit avant de

153

dire :

— J'avais besoin de temps pour faire le deuil de mon mari.

— Oui, je vois, dit Melvin.

— Il a été longtemps très malade. La maladie de Parkinson. C'était très dur.

J'entends à sa voix que ce n'était pas seulement très dur. Ça a dû être affreux.

Mon grand-père lui répond doucement.

— Quand… quand ma… grand-mère est morte d'un cancer, mon grand-père a eu beaucoup de mal à tourner la page. Il se sentait complètement perdu.

Mme Barrymore soupire, l'air triste.

— Je vois exactement ce que ça pouvait être pour lui. J'ai gardé longtemps la brosse à dents de mon mari dans la salle de bains. Est-ce que ce n'est pas bête?

— Non, je ne trouve pas ça bête du tout.

— Et comment va ton grand-père maintenant?

Melvin réfléchit un moment avant de répondre.

— Je pense qu'il se sent un peu seul.

— C'est comme moi, alors, dit-elle.

*

J'avais bien préparé mon dîner hier soir, mais dans la panique du matin, je l'ai oublié à la maison. J'en ai assez des barres de granola du distributeur, alors je craque et je me dirige vers la cafétéria.

Une fois mon plateau choisi, je ne sais pas où m'asseoir. Raj n'est pas à notre place habituelle, qui est occupée par des élèves que je n'ai jamais vus. D'ailleurs, Raj n'est nulle part.

Mais j'aperçois Brianna. Elle est seule et elle regarde l'écran de son téléphone. Je vais jusqu'à sa table.

— Je peux m'asseoir?

Brianna relève la tête. Un sourire illumine son visage.

— Élise! Oui, bien sûr!

Aujourd'hui au menu de la cafétéria, il y a des croquettes de poulet. Je croque dedans. C'est froid et c'est dur comme du bois.

— Beurk.

— Ce n'est pas aussi bon que la saucisse sur bâtonnet.

Notre blague favorite depuis la maternelle porte sur la saucisse sur bâtonnet.

— Dis donc, c'était dingue, ce souper l'autre jour, hein? dit Brianna. J'ai cru que Melvin allait mourir ou quelque chose comme ça!

— Oui, moi aussi. Et tout ça pour des gaz!

— Je ne lui plais pas, c'est clair.

— Ce n'est pas personnel. Il ne s'intéresse pas aux filles en ce moment, c'est tout.

Brianna soupire en hochant la tête.

Nous observons l'aire de repas un moment sans rien dire. C'est comme au cinéma. Un garçon navigue entre les groupes, son plateau dans une main, son téléphone dans l'autre, les yeux sur l'écran. Il ne voit pas un autre garçon qui arrive en sens inverse, et le plateau s'envole avec son contenu. Le dîner s'écrase par terre; il y a de la nourriture partout.

Nous éclatons de rire toutes les deux. C'est bête, mais quelqu'un qui fait tomber son plateau chargé, c'est irrésistible.

— Je le trouvais plutôt mignon jusqu'à ce qu'il fasse tomber son plateau, remarque Brianna.

— Raj et moi, on est sortis ensemble.

Il y a dix secondes, je ne savais même pas que j'allais le dire.

Brianna me regarde longuement.

— J'avais bien l'impression qu'il te plaisait, dit-elle enfin.

— Oui, peut-être, mais maintenant c'est vraiment catastrophique.

— Pourquoi? Qu'est-ce qui s'est passé?

— Rien. Il ne s'est rien passé, c'est bien ça le problème. Nous sommes allés au cinéma et maintenant, nous ne nous adressons plus la parole. C'est trop bizarre.

— Oh. C'est dommage, dit-elle d'un ton compatissant.

Je suis en train de parler à mon ancienne meilleure amie de mon nouveau meilleur ami, à qui je ne parle plus. C'est compliqué, comme situation.

— Tu sais quoi? Ça m'arrive de regretter le primaire, dit Brianna. Tout était tellement plus simple à l'époque...

Je sais exactement ce qu'elle veut dire.

— Tu te souviens de la maternelle? Il n'y avait jamais de devoirs! Tout ce que nous devions faire, c'était jouer et manger des biscuits en forme d'animaux.

— Ah, les biscuits animaux! C'étaient les meilleurs! Et pourquoi je n'en mange plus, je me demande!

— Je ne sais pas, ce doit être une règle idiote : plus de biscuits animaux quand on grandit.

Brianna me sourit.

— Bon, c'est décidé : demain, j'apporte des biscuits animaux!

— Tu crois qu'ils auront le même goût?

Brianna montre mon plateau que j'ai à peine touché.

— Ce sera toujours meilleur que tes croquettes de poulet!

Et nous éclatons de rire.

# Un mauvais rêve

Je suis peut-être capable de dormir au milieu d'un tremblement de terre sans me réveiller, mais je ne peux pas dormir quand un chat miaule.

Le bruit me sort en sursaut de mon rêve. C'était un rêve bizarre de toute façon. J'étais à l'école, et je me baladais au milieu de l'aire de repas déserte. Je ne savais pas où m'asseoir, et j'étais désespérément seule. Un vrai cauchemar.

Jonas est assis près de la porte fermée de ma chambre. Il miaule.

— Tu veux sortir?

Au moment où je lui pose la question, je vois que ce n'est pas lui qui miaule. Non, le bruit vient de *l'autre côté*.

J'ouvre la porte et je découvre le matou orange. Je lui demande :

— Il n'est pas un peu tôt pour les visites?

Il n'a pas l'air de trouver ça intéressant. Il vient se frotter contre mes jambes nues.

— Ce n'est pas ta maison, ici, tu sais, je lui fais remarquer.

Il s'en fiche, c'est clair. Je me dirige vers la cuisine avec deux chats sur les talons.

Je donne sa pâtée du matin à Jonas. L'autre chat le regarde manger. Je me sens un peu coupable de ne rien lui donner, mais je sais que, si je le fais, il va venir s'installer chez nous pour de bon.

— Il faut que je me prépare pour aller en classe. Qu'est-ce que vous allez faire aujourd'hui, tous les deux?

Le chat roux me tourne le dos et file vers la chatière. Jonas disparaît derrière lui.

J'ai ma réponse.

*

Le soir, l'autobus est bondé. La seule place libre, évidemment, est à côté de Raj. Le style gothique intimide, je suppose.

Je dépasse sa rangée en faisant mine de ne pas voir le siège vide et je continue jusqu'au fond. Melvin est très content de s'asseoir à côté de Raj.

Je les regarde bavarder tout en me tenant à la barre. Melvin fait des gestes avec les mains, Raj l'écoute. Qu'est-ce qui se passe? De quoi parlent-ils? Je me sens complètement exclue, et je me demande ce que je rate.

Ils bavardent comme ça jusqu'à l'arrêt de Raj.

Enfin, nous arrivons chez nous. Melvin descend, je le suis.

— Raj a été sélectionné pour la finale du concours d'échecs, annonce grand-papa. Même s'il a cette curieuse manie de se mettre des anneaux dans le nez, j'avoue que je suis impressionné.

Je hausse les épaules sans répondre. J'ai du mal à croire qu'il en sache plus que moi sur Raj, maintenant.

161

— Qu'est-ce qui se passe entre vous? demande brusquement grand-papa.

— Rien.

— C'est « la puberté »?

— Non! Ce n'est pas ça du tout! Et je ne veux pas en parler!

Il m'étudie en silence pendant un moment.

— Très bien, dit-il enfin. N'en parlons plus.

Nous n'échangeons plus un mot jusqu'à la maison.

Quand nous arrivons, Jonas est allongé au soleil sur la première marche du perron. Le chat roux est en train de le lécher.

— Alors, quelles aventures vous avez eues aujourd'hui, les amis? je leur demande.

Jonas cligne des yeux.

— Venez manger un morceau dans la cuisine.

J'ouvre la porte d'entrée; le chat roux file entre mes jambes.

Grand-papa regarde Jonas. Une expression curieuse se lit sur son visage.

— Allez, Jonas, viens, dis-je.

En entendant ma voix, Jonas lève la tête. Ses

pattes de devant cherchent un appui, il essaie de se mettre debout, mais le train arrière ne suit pas. Il me regarde d'un air de ne pas comprendre ce qui lui arrive. Il semble épuisé.

Grand-papa est pétrifié.

— Élise, me dit-il à voix basse, appelle ta mère tout de suite.

*

Quand nous arrivons à la clinique vétérinaire avec Jonas enveloppé dans une serviette, la réceptionniste appelle un vétérinaire en urgence. Ils l'emportent à l'arrière immédiatement.

Nous restons dans la salle d'attente, ma mère, Melvin et moi. D'autres gens attendent avec leurs bêtes. La pièce est décorée d'affiches de chatons super mignons et de chiots ouvrant de grands yeux dans leurs paniers. Tout ça me donne une écœurante impression de déjà-vu : c'est comme la répétition dans le monde animal de notre visite aux urgences après la crise de grand-papa.

Finalement, on nous fait entrer pour voir Jonas. La salle d'examen sent l'antiseptique. Mon chat est allongé sur une table d'inox, branché à une perfusion. Il ne lève même pas la tête quand nous entrons.

La vétérinaire porte une blouse d'hôpital imprimée de chiots.

— Il est en état de choc, et je vois des problèmes neurologiques, nous dit-elle. Quand l'avez-vous vu pour la dernière fois?

Je réponds :

— Ce matin. Il allait très bien ce matin!

— Aurait-il pu tomber d'un étage élevé?

— Nous habitons une maison de plain-pied, dit ma mère.

Elle a des larmes dans la voix.

— Et nous avons une chatière, j'ajoute.

— Alors, il a dû être renversé par une voiture. Je vois beaucoup ce genre de choses avec des blessures traumatiques.

Maman me serre très fort la main.

La vétérinaire regarde longuement Jonas.

— Les pattes arrière sont paralysées; il faudra faire des examens supplémentaires. Nous vous appellerons quand nous aurons les résultats.

En rentrant à la maison, je regarde sans rien

voir par la vitre arrière de la voiture. Qu'est-ce qui s'est passé? Et comment est-ce arrivé? Tout a changé en l'espace d'un clin d'œil.

Ma mère essaie de dire quelque chose d'optimiste.

— Elle avait l'air très bien, cette vétérinaire. Je crois que Jonas est entre de bonnes mains.

Mais grand-papa, qui a toujours une opinion sur tout d'habitude, ne répond pas.

# N'importe quoi

Le lendemain, à l'école, tout est dans le brouillard. Je fais les mêmes gestes que d'habitude, mais de façon purement automatique. Comment pourrais-je prêter attention aux maths quand Jonas est blessé? Je tiens le coup jusqu'à la dernière heure, le cours de biologie. Et là, je m'aperçois que M. Boineau a mis une cravate à motifs de chats.

Je file dans les toilettes pour vomir.

Quand je reviens, M. Boineau m'envoie à

l'infirmerie, où l'aide-soignante me donne un verre d'eau et me dit de m'allonger. Je lui raconte ce qui m'est arrivé, et elle m'écoute, compatissante. Le week-end, elle fait des permanences aux urgences de l'hôpital.

— Tout n'est pas forcément perdu, me dit-elle. Ne perds pas espoir.

J'ai encore un peu espoir quand nous retournons voir Jonas à la clinique le soir, après les cours. Mais l'expression sur le visage de la vétérinaire brise d'un coup toute attente d'une issue heureuse.

— Je suis désolée, dit-elle. Les résultats ne sont pas bons.

— C'est la moelle épinière? demande Melvin.

Il a le ton d'un spécialiste tout à coup.

— Oui, la moelle épinière est touchée.

— Je m'en doutais.

Maman étouffe un sanglot.

Je demande :

— Je peux le voir?

— Bien sûr, dit la vétérinaire. Par ici.

Jonas est allongé, les yeux fermés, dans une

cage capitonnée. Il a une transfusion à la patte, mais on ne le voit même pas respirer.

— Combien de temps? demande ma mère.

— C'est difficile à dire. Dans un cas comme celui-là, il peut vivre encore un jour ou deux. Ou bien, nous pouvons l'endormir.

Je la regarde.

— Je ne comprends pas?

Elle me rend mon regard. Son visage est grave, son expression peinée.

— Nous pouvons faire en sorte qu'il ne souffre pas, et l'hydrater, mais il ne va pas guérir. Sa moelle épinière a subi un traumatisme qui ne pourra pas se réparer.

Ma mère pousse un petit cri. On a l'impression qu'elle va se mettre à pleurer.

— On ne peut pas lui donner des antibiotiques? De la pénicilline?

La vétérinaire me fait un sourire navré, mais ne répond pas.

Tout ça arrive beaucoup trop vite. Je ne peux pas suivre.

— Et vous voulez l'endormir? Mais c'est un

combattant, Jonas! Je le sais, moi! Il peut guérir…

— Il faut qu'on en discute, dit ma mère.

— Prenez tout le temps qu'il vous faut, conclut la vétérinaire, et sa voix est d'une douceur terrible.

*

Ma mère nous dépose à la maison, Melvin et moi, avant de repartir à l'école. Elle a répétition générale ce soir, et elle peut d'autant moins reporter qu'elle a été obligée de tout annuler la veille.

— Tout ça tombe terriblement mal, soupire-t-elle.

Je hoche la tête sans rien dire. Comment une chose aussi horrible pourrait-elle bien tomber, de toute façon?

— Élise, nous prendrons une décision demain matin, dit ma mère.

Melvin et moi restons seuls. Je déborde d'énergie nerveuse; je ne tiens pas en place. Il faut que je trouve quelque chose à faire pour m'occuper.

— Je vais préparer le souper.

— Bonne idée, dit Melvin.

La cuisine est un bazar complet. Elle a été

bien négligée depuis vingt-quatre heures. Je vide le lave-vaisselle, frotte les casseroles, nettoie le comptoir et l'évier. Toute cette activité me calme.

Ensuite, je vide et sors la poubelle jusqu'au garage. Mon regard s'arrête sur le grand congélateur, et brusquement, tout s'éclaire.

Grand-papa est installé sur le sofa quand je rentre dans le salon.

— L'axolotl!

Il pousse un profond soupir, comme s'il attendait ça depuis un moment.

— Il a fait repousser des ailes et un appendice. Pourquoi pas une moelle épinière?

— Je ne sais pas, dit Melvin.

Moi, je sais.

— S'il te plaît!

— Élise, il faut d'abord que tu réfléchisses bien. Il n'y a aucune garantie que ça marche. Et ça peut faire souffrir Jonas pour rien. Les animaux ne peuvent pas nous dire s'ils ont mal.

Je ne veux pas que Jonas souffre. Mais je ne sais plus quoi faire. Faut-il essayer, au risque de le faire souffrir, ou vaut-il mieux le laisser vivre ses derniers jours en paix, et le laisser mourir? Je comprends maintenant un peu mieux à quoi ma mère et mon grand-père ont dû faire face quand ma grand-mère est tombée malade. Ces choix sont impossibles. Tous sont mauvais.

Je regarde la couverture sur le sofa, j'imagine mon chat roulé en boule entre les plis moelleux. Mon cœur me dit que je ne peux pas le laisser mourir sans au moins essayer. Je dis les paroles qui, je le sais, vont décider Melvin à agir.

— Je suis prête à faire *n'importe quoi* pour sauver Jonas.

Mon grand-père ferme les yeux et hoche la tête.

*

Nous prenons un taxi jusqu'à la clinique vétérinaire, et grand-papa parle aux employés qui nous reçoivent. Il explique que nous voulons prendre Jonas pour lui permettre de passer sa dernière nuit à la maison avec nous. Il dit que ma mère nous attend dehors, dans la voiture. La vétérinaire ne paraît pas du tout étonnée.

— C'est le souhait de beaucoup de gens, nous dit-elle. Je l'encourage toujours. C'est une bonne façon de se dire au revoir.

Et nous reprenons le même taxi, avec le chat. J'oscille entre l'espoir et l'inquiétude. Je me penche vers Jonas pour lui chuchoter à l'oreille.

— Tout va bien se passer, tu verras.

À la maison, je sors Jonas de son sac de transport et je le dépose sur une couche de serviettes avec sa couverture préférée par-dessus. Il a l'air un peu étonné, mais il n'a pas même un frémissement quand grand-papa lui injecte la solution d'axolotl à la base du dos.

Quand c'est fait, grand-papa range la seringue et commande un souper chinois. Pour la première fois depuis deux jours, j'ai faim. J'essaie de donner un peu de poulet à Jonas, mais il ne veut rien savoir.

Ma mère appelle pour prendre des nouvelles, et grand-papa lui dit que tout va bien. Nous nous installons tous sur le sofa, Jonas entre nous, pour regarder un drame judiciaire à la télévision. C'est agréable de regarder quelque chose sans avoir besoin d'y faire attention pour comprendre.

Dehors, une chouette hulule. Le son passe par

la fenêtre ouverte. Pour la première fois, Jonas dresse une oreille, la tête levée.

Je demande :

— Tu crois qu'on peut le porter dehors?

— Pourquoi pas? dit Melvin.

Nous nous installons avec le chat sur la terrasse. La nuit est claire, le ciel piqueté d'étoiles. Un point lumineux traverse la voûte céleste et file au-dessus de nos têtes.

— Est-ce que c'est une comète?

— Ce doit être un satellite, répond Melvin. Ça va trop vite pour être une comète; et puis, les comètes ont des queues.

— Comme les chats.

Nous restons un moment en silence. Mon chat a l'air heureux d'être dehors; au moindre bruit, il regarde autour de lui.

Grand-papa prend soudainement la parole.

— Elle appelait ça « s'occuper du ciel ».

— Qui?

— Caroline Herschel appelait ses observations nocturnes « s'occuper du ciel ». J'ai toujours bien aimé cette formule.

Je vois ce qu'il veut dire. Cela donne un petit côté magique à l'observation scientifique.

— Moi aussi, j'aime bien, dis-je.

Tous les trois, nous restons assis dehors jusqu'au retour de ma mère, à nous occuper du ciel.

# Le temps

Quand je me réveille, un soleil éclatant passe à travers les fentes des persiennes et illumine ma chambre. C'est le matin. Il fait beau. Un nouveau jour commence. Je me sens pleine d'espoir. Mais je regarde le sol au pied de mon lit et je vois Jonas.

Il respire bizarrement. En fait, il a plutôt l'air de suffoquer.

Je m'approche de lui.

— Jonas, qu'est-ce que tu as?

Il continue à suffoquer, la gueule ouverte. Un

bout de langue rose dépasse entre ses mâchoires.
Je sais que ça ne va pas du tout.

— Grand-papa!

Il arrive un instant plus tard. Il est déjà habillé
et prêt à partir à l'école.

— Élise?

— C'est Jonas! Il ne va pas bien.

Melvin s'accroupit et caresse doucement le
ventre du chat.

— Il est en détresse respiratoire. Ça arrive
souvent dans les cas de lésions à la moelle épinière.

— Alors ça n'a pas marché?

La main de grand-papa suit doucement la ligne
du dos de Jonas jusqu'à la queue; elle touche une
patte arrière. Le chat ne réagit pas. Son arrière-
train est aussi mou qu'un chiffon.

Grand-papa lève la tête vers moi. Son visage
est jeune, mais à cet instant, ses yeux sont ceux
d'un vieil homme.

— Élise... La blessure était trop importante.

Je lui demande d'une voix désespérée :

— On ne peut pas lui donner plus de temps?

— Le temps ne va pas le guérir. Je suis

vraiment désolé, Élise.

Je vois le chat suffoquer.

Moi aussi je suis désolée.

*

Tout le monde est très gentil. La réceptionniste aide ma mère à remplir les formulaires. L'assistante m'apporte des mouchoirs en papier. La vétérinaire nous demande si nous avons des questions sur la suite.

Mais mes questions n'ont pas de réponse : pourquoi mon chat meurt-il? Et comment se fait-il que tout le monde soit si calme?

On nous conduit jusque dans une petite salle d'opération. Des seringues attendent sur un plateau métallique. Quelqu'un a mis une épaisse couverture sur la table d'examen. Jonas est déjà allongé dessus, les yeux fermés.

— Salut, Jonas, dis-je doucement, mais il ne réagit pas.

— Tu veux rester avec lui? demande la vétérinaire.

Je regarde mon chat qui semble dormir. Je ne suis pas courageuse comme ces chercheurs qui se sont inoculés avec le virus de la fièvre jaune. Je ne suis pas courageuse du tout. En fait, je suis complètement trouillarde. Je fais signe que je vais m'en aller.

— Je vais rester, moi, ne t'inquiète pas, me dit Melvin d'une voix enrouée.

— Nous resterons tous les deux, ajoute ma mère.

Grand-papa la regarde et hoche la tête.

— Attends-nous dehors, ma chérie, dit maman.

Grand-papa chuchote dans l'oreille du chat.

— Ça va aller, mon vieux. Tout va bien se passer.

Je me sauve sans regarder derrière moi.

Pour une fois, j'aimerais qu'il ne se passe rien. Je voudrais que tout soit normal et ordinaire aujourd'hui. Je voudrais être à l'école. En deuxième période de mathématiques et heureuse de commencer un test. Je donnerais tout pour ne pas être ici, assise dans la salle d'attente, occupée à faire semblant de feuilleter de vieux magazines.

Je voudrais que le temps ralentisse, s'arrête, reparte à l'envers. Mais l'horloge murale avance cruellement, seconde par seconde. Les minutes passent, une, deux, trois, quatre. Avant que l'aiguille ait fini son tour complet, mon grand-père arrive avec ma mère, les bras autour de ses épaules. Des larmes coulent sur les joues de maman.

Et je sais que mon chat est parti pour toujours.

# La Tempête

La mort de Jonas est comme un orage : le tonnerre gronde, un éclair zèbre le ciel, et puis c'est fini. Les flaques d'eau sèchent, et tout le monde reprend le cours de sa vie comme si rien ne s'était passé.

Sauf moi.

Notre maison n'a plus la même atmosphère. Il y fait froid. On dirait que son cœur n'est plus là. Je tombe sans arrêt sur des petites choses qui me rappellent Jonas : un jouet oublié sous mon lit. Une boîte de pâtée pour chats dans la réserve, derrière les haricots à la tomate. Sa couverture sur le sofa. Le pire, c'est que le matou orange des voisins vient sans arrêt. Il miaule dehors, attendant que Jonas fasse son apparition.

Et bien sûr, ça n'arrive jamais.

À l'école, je me sens mieux qu'à la maison. Les cours, les tests, et les uniformes sportifs qui puent. C'est la routine, tout est prévisible, et je n'ai pas besoin de penser ni de ressentir quoi que ce soit.

Jusqu'à ce que j'aperçoive Raj, qui m'attend à côté de mon casier.

Et je ne sais pas pourquoi, mais ça me fait mal de le voir là.

— Élise, dit-il à voix basse, je sais ce qui est arrivé à Jonas.

— Tu le sais?

— Melvin me l'a dit. Et je suis vraiment désolé.

Quelque chose passe très vite sur son visage, trop vite pour que je le comprenne.

Il est *désolé?* Ça n'a aucun sens, mais je suis en colère. Contre le monde entier, en fait, et surtout contre lui.

Je marmonne :

— Oui, bien sûr, tu es désolé.

De stupéfaction, il ouvre la bouche et écarquille les yeux.

— Quoi? J'aimais beaucoup Jonas!

— Tu l'aimais tellement que tu es venu le voir quand il était malade, hein?

— Mais je n'en savais rien! Ce n'est pas comme si tu m'adressais la parole!

— Toi non plus tu ne m'as pas parlé!

Nous nous regardons sans rien ajouter.

La cloche sonne. Je claque très fort la porte de mon casier.

Puis je lui tourne le dos et je file en classe.

*

C'est la première de *La Tempête,* et ma mère me propose de venir voir la représentation. Elle dit que ça me fera du bien. Ce sera une bonne distraction.

Le garçon qui joue Prospero connaît bien son rôle maintenant, et les décors sont superbes, en particulier ceux de la première scène, en mer. Les acteurs sont applaudis chaleureusement, le public se lève pour les acclamer. Mais à la fin, je ne me sens pas mieux, au contraire. Si dans *La Tempête,* tout finit bien, dans ma vie, c'est le désastre : Jonas est mort, Raj et moi, c'est fini. Si Shakespeare écrivait une pièce sur moi, ce serait une tragédie.

Nous fêtons la première avec des plats à emporter de mon restaurant mexicain préféré. Mais je n'ai même pas faim, malgré les excellents burritos. Ça n'a d'ailleurs aucune importance, parce que Melvin mange pour deux.

Ma mère bavarde comme une pie. Elle pense monter une comédie musicale l'année prochaine. Elle parle de mon père qui vient nous voir ce week-end. Elle parle et parle à perdre haleine et moi je baisse le nez sur mon assiette. Si je relève la tête, je vais voir la chaise vide en face de moi où Jonas s'asseyait toujours, et je vais me rappeler la salle d'examen à la clinique vétérinaire qui sentait le désinfectant et l'ammoniaque, et je vais être malade.

— Élise, j'ai eu une idée, me dit maman tout à coup. Si nous allions au refuge pour animaux samedi, pour jeter un coup d'œil sur les chiens?

— Les chiens?

— Nous avons eu une conversation, Ben et moi, et nous avons pensé que ce serait une bonne chose si tu en as envie, que tu adoptes un chien.

— Je ne veux pas de chien.

Elle a l'air surprise.

— Mais tu nous as toujours réclamé un chien! Depuis que tu es petite!

Je ne peux pas croire qu'elle fasse ça. Je hurle :

— Tu ne peux pas remplacer Jonas par un chien! Jonas est irremplaçable!

— Mais non, il n'est pas irremplaçable, voyons. Ta réaction est excessive.

C'est drôle, mais les mots exacts de mon grand-père me viennent à la bouche.

— Je suis un être humain, moi! Je ressens les choses et très profondément! Et toi, tu... tu as l'air de trouver que tout va bien dans le meilleur des mondes. C'est comme si Jonas n'avait jamais existé. Pourquoi est-ce que tout le monde s'en fiche si mon chat est mort?

— Ma chérie, je voulais juste t'aider...

— Je ne veux pas qu'on m'aide! Je veux Jonas!

Je hurle les derniers mots de toutes mes forces, avant de me lever en trombe et de me précipiter hors de la cuisine.

*

C'est le week-end. Je peux dormir et ignorer le reste du monde. La sonnette de la porte d'entrée me réveille. Il y a quelque chose dans le lit, sur mes jambes, et d'abord je pense que c'est Jonas. En ouvrant les yeux, je vois que c'est un oreiller.

La porte de ma chambre s'ouvre, et j'entends une voix familière.

— Bonjour, la Belle au bois dormant! Il est midi et tu dors encore?

Je suis si heureuse de le voir que je me lève d'un bond pour lui sauter dans les bras.

— Papa!

Il m'ébouriffe les cheveux.

— Comment ça va, ma belle?

— Pas trop bien.

— Oui, je sais ça, ta maman me l'a dit. C'est vraiment dur de perdre Jonas. C'était un bon chat.

— C'était le meilleur.

Il me tend un sac.

— J'ai trouvé ça pour toi sur la route.

Je l'ouvre. C'est une veilleuse en forme de champignon rouge.

— Ha! ha!

Je ne peux pas m'empêcher de sourire.

— Je n'ai pas pu résister! Alors, dis-moi, est-ce que tu vas rester au lit toute la journée, ou bien veux-tu t'habiller et filer d'ici pour vivre une aventure?

Partir d'ici, c'est exactement ce qu'il me faut.

— Je veux une aventure.

*

Nous suivons la côte vers Santa Cruz jusqu'au parc d'attractions de la promenade du bord de mer. Nous y allions quand j'étais petite. Je croyais que ça ne m'intéresserait plus, comme les biscuits animaux, mais j'avais tort. C'est vraiment génial.

Il y a des touristes partout, l'air sent le maïs soufflé et la barbe à papa. Nous admirons les phoques sur le port et faisons un tour sur les montagnes russes antiques. Mon père gagne un poisson rouge pour moi à l'un de ces jeux de

186

hasard où il faut lancer une balle de ping-pong dans une coupe. À la fin de la journée, je suis presque redevenue moi-même.

Avant de rentrer, nous nous arrêtons pour souper au restaurant, et naturellement, je prends mon nouveau poisson rouge avec moi.

Après avoir commandé, nous discutons pour savoir quel nom donner au poisson.

Je suggère :

— Pourquoi pas Goldie? C'est comme ça que j'ai appelé tous mes poissons rouges.

— Et si tu essayais quelque chose de nouveau, cette fois?

— Alors... Prospero?

Le visage de mon père s'illumine.

— Le Prospero de *La Tempête?* Excellent! Je suis bien content de voir enfin que toutes ces nuits que j'ai passées à te lire Shakespeare pour t'endormir n'ont pas été vaines.

La serveuse apparaît avec nos assiettes.

— Et voilà. Un sandwich bacon-salade-tomate pour la jeune demoiselle et un sandwich Reuben pour le monsieur.

— Merci, dit mon père.

— Oh, et comme nous n'avons plus de croustilles ordinaires, je vous ai mis des croustilles barbecue. J'espère que ça ne vous dérangera pas.

— Ça a l'air délicieux, répond mon père en entamant son sandwich.

Moi, je regarde fixement les croustilles et je pense à Raj. Tout le bonheur de la journée s'évanouit d'un coup. Une vague de chagrin me terrasse.

— Tu ne manges pas? demande papa.

Les larmes coulent sur mes joues. Je ne peux pas les arrêter. C'est une tempête de larmes, un ouragan.

— Élise, ma chérie, dit mon père inquiet, mais qu'est-ce qui se passe?

Je me cache la tête dans les mains et je sanglote.

Pour Jonas.

Pour Raj et moi.

Pour tout.

# L'hypothèse que nous pourrions être deux

Je suis dans la salle de bains, et j'essaie de me coiffer correctement avant de partir pour l'école. Mais j'ai beau essayer, ça ne ressemble à rien. D'ailleurs, rien ne ressemble à rien en ce moment.

Mon grand-père m'appelle à travers la porte fermée.

— Élise? Tu aurais un rasoir à me prêter?

— Une seconde.

Je fouille dans les placards et je trouve les rasoirs en plastique rose de ma mère. J'en prends

189

un que je lui passe à travers la porte entrouverte.

— Tiens, c'est pour se raser les jambes, mais ça devrait faire l'aff...

Ma voix se brise.

Parce que pendant la nuit, une longue barbe a poussé sur les joues de grand-papa.

Il a l'air d'un yéti.

— Qu'est-ce... Qu'est-ce qui se p...

Je n'arrive même pas à prononcer une phrase entière.

— Eh bien, on dirait que notre axolotl s'y entend pour accélérer la puberté, grommelle-t-il entre ses dents.

— Oui, ça, on peut le dire...

Grand-papa me prend le rasoir des mains et il disparaît dans le couloir.

Je reste là, pétrifiée, à le regarder s'éloigner.

Il s'immobilise et se retourne.

— Tu aurais de la crème à raser?

\*

— Les portes de la foire scientifique ouvriront demain à dix heures, annonce M. Boineau. Prenez bien soin d'installer votre projet dans la salle polyvalente avant neuf heures quarante-cinq précises. Nous attendons beaucoup de monde.

*

Grand-papa et moi devons encore décrire tous nos résultats par écrit, alors nous restons tard après les cours pour tout terminer. Mais une mauvaise surprise nous attend : toutes nos mouches ailées sont en train de mourir. Un amas de mouches mortes tapisse le fond du bocal, et quelques rares spécimens se collent encore aux parois.

— Heureusement que la foire a lieu demain, dit Melvin. Je ne pense pas qu'aucune d'entre elles n'aurait tenu une semaine de plus.

— Pourquoi meurent-elles?

— Leur nourriture est moisie, regarde, dit-il en indiquant une tache grise et duveteuse. La moisissure est mortelle.

Après tout ce qui vient de se passer, je ne peux pas croire que même nos mouches sont en train de mourir! Je me demande bien ce qu'Alexander Fleming aurait à dire sur le sujet!

— Alors à quoi ça sert?

— Comment ça, à quoi ça sert?

— Oui! À quoi ça sert d'essayer? Regarde! Toutes nos expériences ont raté! Jonas est mort! Et ces pauvres savants avec la fièvre jaune! Et grand-maman! Et maintenant même les mouches sont mortes! La science n'a rien fait pour eux!

Grand-papa s'adosse à sa chaise et soupire.

— C'est vrai. Ces expériences-là ont échoué. Mais l'échec fait partie intégrante de l'expérience. Il faut échouer et se tromper, c'est très utile pour avancer.

— Ce n'est pas utile du tout! Regarde ce qui s'est passé entre moi et Raj!

Melvin plisse les yeux.

— Mais qu'est-ce qui s'est passé exactement entre Raj et toi?

Tout à coup, je n'ai plus aucune énergie. Je me tasse sur ma chaise et je regarde mes pieds.

— Mon hypothèse était complètement fausse, dis-je en soupirant.

— Mais quelle était ton hypothèse? demande tranquillement Melvin.

— Je pensais que nous allions parfaitement

ensemble. Que nous étions des âmes sœurs.

— Je vois, dit Melvin. Bien. Tu es une scientifique. Explique-moi tes données.

— Nous sommes sortis ensemble, au cinéma. Mais c'était bizarre. Et après, nous ne pouvions plus nous parler, ni rien.

— Donc, quelle est ta conclusion?

— Je ne sais pas!

— Dis-moi, est-ce que vous étiez bien ensemble, quand vous étiez amis?

Ça m'énerve qu'il me pose la question. Ça ne se voyait pas que nous étions les meilleurs amis du monde?

— Nous étions de super amis!

— Eh bien, voilà qui me paraît être une conclusion irréfutable.

Je le regarde. Je mets un quart de seconde à comprendre ce qu'il vient de dire. Et la conclusion s'impose, évidente.

— Nous ne sommes pas faits pour être des âmes sœurs, nous sommes faits pour être de *bons amis!*

Grand-papa me sourit.

— Tu vois? Ton expérience s'est soldée par un échec, mais elle t'a appris quelque chose!

— Tu es tellement intelligent!

— Oh, tu sais, j'ai quand même deux doctorats...

Je le serre dans mes bras.

— Et maintenant, au travail sur notre projet, dit-il. Et tu sais, tu es beaucoup trop jeune pour penser à sortir avec des garçons. Et puis, les garçons de ton âge ont les mains moites. J'en sais quelque chose.

*

Dans les films et les pièces de théâtre, il y a toujours une scène où un personnage déclare son amour éternel à un autre. Personne n'écrit d'histoires où l'on se déclare une amitié éternelle. Roméo et Juliette auraient peut-être été heureux pour toujours s'ils avaient préféré l'amitié à l'amour.

Je ne sais pas comment m'y prendre pour renouer avec Raj. Je lui envoie un texto? Je l'appelle? Je lui demande de venir prendre un café? Finalement, je glisse un paquet de croustilles barbecue dans son casier, en guise d'offrande de paix. Je ne lui laisse même pas un mot d'explication, parce que je sais qu'il comprendra.

Mais plus la matinée avance, et plus je m'inquiète : et si nous étions irrémédiablement fâchés? Si cette expérience avait tout détruit de notre amitié? J'ai l'estomac qui se serre. Mais quand j'entre dans l'aire de repas, je le vois assis à notre table habituelle.

Avec une place vide en face de lui.

Je m'approche, et je m'assois sans dire un mot.

— Salut, me dit-il.

— Salut.

Nous restons comme ça face à face une longue minute, et puis je n'y tiens plus. Les mots se précipitent dans ma bouche.

— Je crois qu'on devrait revenir à ce qu'on était avant. Des amis tout simplement.

Je vois passer dans ses yeux une expression de soulagement.

— Bonne idée, dit-il.

Nous sourions tous les deux en même temps.

— Tu veux des croustilles? me demande-t-il. Je les ai trouvées dans mon casier.

— Quelqu'un a mis des croustilles dans ton casier? Je me demande qui ça peut bien être...

— C'est un mystère, dit-il en riant. Donc, tu vois, j'ai envie de me teindre les cheveux. Pas juste une mèche, cette fois, mais tout.

— Vraiment?

Il confirme d'un hochement de tête.

— Quelle couleur?

— Je ne suis pas sûr encore. Peut-être magenta.

— Évite juste le vert, si tu ne veux pas avoir l'air d'un farfadet.

Il se met à rire.

Nous restons un long moment à débattre de couleurs de cheveux en mangeant des croustilles barbecue, jusqu'au signal de début des cours de l'après-midi.

Parce que c'est ce que font les meilleurs amis.

# Les prix

C'est le samedi matin, et je ne peux pas faire la grasse matinée parce que la foire scientifique commence aujourd'hui. Ma mère nous a offert deux blouses blanches assorties, une pour Melvin et une pour moi. Je lui demande :

— Mais où tu les as trouvées?

— Elles ne sont pas adorables? C'est une de mes copines costumières qui me les a dénichées.

Il y a même une broderie sur la poche poitrine :

— Melise? demande grand-papa.

— Melvin plus Élise, ça fait Melise. C'est mignon, non?

Nous échangeons un regard, grand-papa et moi. Je suggère :

— Nous sommes peut-être une nouvelle espèce?

La foire scientifique est installée dans la salle polyvalente de l'école. De nombreux élèves des établissements de la région y participent ou sont venus voir. Il y a énormément de monde. Les projets sont plutôt brillants et très divers : ça va de la méthode pour mesurer les gouttes de pluie à de nouveaux moyens pour recycler les ordures, mais il y a aussi les très classiques geysers à base de vinaigre et de bicarbonate. Nous ne sommes pas les seuls à avoir cultivé des moisissures; je ne savais pas que le sujet était si populaire.

Je ne peux pas m'empêcher d'être un peu déçue, perdue au milieu de toutes ces inventions. Parce que, même si notre expérience, à Melvin et moi, a été un succès inimaginable, nous ne pouvons rien en montrer. Grand-papa dit, et il n'a pas tort, que notre découverte est un peu *trop avancée* pour une expérience de huitième année.

Donc, nous n'avons présenté qu'un aspect mineur de notre projet.

M. Boineau approche, et se penche sur notre table pour lire notre présentation.

— L'effet des croquettes de poulet de la cafétéria sur la croissance des drosophiles, déchiffre-t-il tout haut. Intéressant.

— Merci, disons-nous en chœur.

— Et quelles ont été vos conclusions? demande M. Boineau.

— Les drosophiles qui ont été nourries aux croquettes de poulet sont mortes nettement plus vite que les autres, dis-je.

— Je ne suis pas étonné, dit M. Boineau.

Avec un clin d'œil, il ajoute :

— Pourquoi croyez-vous que tous les professeurs de l'école apportent leur dîner?

\*

Finalement, nous ne remportons pas de prix.

Nous n'obtenons même pas de mention honorable. Le gagnant a inventé une pile fabriquée avec une pomme de terre. Je me console un peu en pensant que j'ai gagné des points supplémentaires pour ma moyenne annuelle, mais je suis quand même déçue.

— Ce n'est pas juste, dis-je. Nous, on a fait pousser un appendice.

Mon grand-père et moi sommes en train de manger des burritos dans la cuisine. Il essaie de me réconforter.

— C'est normal. Les vrais scientifiques ne sont presque jamais reconnus de leur vivant. Savais-tu que personne n'a prêté attention à Alexander Fleming quand il a découvert la pénicilline?

— C'est vrai?

— C'est parfaitement vrai. Et il n'a eu l'honneur de recevoir le prix Nobel que dix-sept ans plus tard!

— Il va falloir que j'attende dix-sept ans? Mais je serai vieille alors!

Il me regarde.

— Tu n'as pas vraiment dit ça, d'accord?

On sonne à la porte. Je vais répondre.

C'est notre voisin. Il tient un gros chat roux dans les bras.

— Bonjour, dit-il. Ta maman est-elle là?

Une minute plus tard, ma mère vient voir qui a sonné.

— Je suis désolé de ne pas être venu me présenter plus tôt, dit le voisin. Je travaille dans la haute technologie et j'ai des horaires impossibles. Je m'appelle Art.

— Enchantée, dit ma mère. Je suis Méli, et voici Élise.

— Je suis obligé de vous dire bonjour et au revoir en même temps, dit Art qui semble un peu gêné. Je viens d'obtenir un emploi à Singapour. Je m'en vais après-demain.

— Félicitations! dit ma mère. Ça doit être passionnant.

— Merci! Oui, c'est plutôt chouette en effet. Je voulais m'arrêter chez vous une minute avant de partir, entre autres parce que Connor, que voici, joue toujours avec votre chat.

— Notre chat est mort, dis-je. Il a été renversé

201

par une voiture.

— Oh non! Je suis vraiment désolé de l'apprendre. Je me demandais pourquoi on ne le voyait plus...

Nous n'ajoutons rien. Après un silence, Art reprend.

— Voilà ce que je venais vous dire. Je ne peux pas prendre Connor avec moi. Avant de l'emmener au refuge, je me demandais si par hasard vous n'auriez pas envie de le garder, mais j'imagine...

— Le refuge? l'interrompt maman.

Art prend un air penaud.

— Aucun de mes amis ne peut le prendre. J'ai tout essayé. J'ai vraiment contacté tout le monde. Vous êtes mon dernier espoir.

Je regarde le chat. Ce n'est pas un bébé. Il est plutôt vieux. Il est l'équivalent, en chat, de ce qu'on trouve à l'école dans la boîte des objets trouvés : quelque chose d'abandonné et d'oublié.

Ma mère hésite.

— Je ne suis pas sûre que nous soyons prêts à prendre un autre chat tout de suite, si vous voyez ce que je veux dire.

— Bien sûr, je comprends très bien, dit Art très vite. Je voulais simplement essayer. Je suis heureux d'avoir fait votre connaissance. Je suis vraiment navré d'apprendre ce qui est arrivé à votre chat.

Je demande :

— Je peux le tenir une minute?

— Bien sûr, dit Art en me posant le gros chat roux dans les bras. Essaie-le. Vois comment tu t'entends avec lui.

C'est drôle qu'il parle « d'essayer » comme si son chat était un vélo ou une robe.

— C'est toi qui décides, Élise, dit ma mère.

C'est agréable d'avoir à nouveau un chat dans les bras, mais j'ai quand même le cœur serré, une sensation qui m'est devenue familière ces derniers temps. C'est sans doute une erreur de prendre ce chat. Et s'il lui arrivait quelque chose, à lui aussi? Il pourrait très bien être renversé par une voiture. Il pourrait mourir. Et il pourrait...

Le chat se met à ronronner.

Mes doutes s'évanouissent comme par magie. Mes peurs s'estompent et une douce sensation de chaleur remplace la terreur. Je regarde Art.

— On le garde.

J'ai peut-être gagné un prix aujourd'hui, après tout.

*

J'ai l'impression qu'Herschel a toujours fait partie de notre famille. Je trouvais que le nom Connor ne lui allait pas très bien, alors je l'ai rebaptisé. Je trouve qu'il lui va bien parce qu'il passe beaucoup de temps à observer le ciel. Le rebord de la fenêtre est sa place préférée.

Herschel a ses petites manies. Quand la sonnette de la porte d'entrée retentit, il file se cacher. Il ne peut pas voir un papillon de nuit sans se mettre à le chasser. Il dort à tour de rôle avec moi, avec ma mère et avec mon grand-père, comme s'il ne voulait pas faire de jaloux. Mais ce qu'il aime le plus, c'est manger. Et il le fait savoir.

Un soir, au bout d'une semaine ou deux, j'arrive à la maison pour trouver Herschel en train de miauler. Il est tard, c'est presque l'heure du souper. Raj et moi avons traîné au parc, à observer les retraités qui jouaient aux échecs. Raj commentait la partie comme un journaliste sportif commente un match. Les joueurs ont adoré, et ils lui ont donné quelques conseils de pros.

— C'est bon, dis-je au chat. Je vais te donner à manger.

Il me suit dans la cuisine. La maison est silencieuse; ma mère est encore à l'école et Melvin doit dormir. Il avait mal à la tête ce matin, et il n'est pas venu en cours.

Herschel insiste en me poussant de la tête vers le placard à provisions. J'ouvre une boîte et je suis en train d'en verser le contenu dans son écuelle quand j'entends approcher des pas lourds. Je lève la tête et je hurle : un type chauve que je n'ai jamais vu entre dans la cuisine.

Je suis tellement terrifiée que je lance la boîte de conserve dans sa direction.

— Élise! s'écrie-t-il en agitant les mains. C'est moi!

C'est alors que je comprends : le type chauve qui me fait face après avoir esquivé la boîte de pâtée, c'est *mon grand-père*.

Et maintenant, il a l'air d'un grand-père.

# Un résultat intéressant

Je lui demande :

— Qu'est-ce qui s'est passé?

Il soupire.

— J'imagine qu'on peut qualifier ça de résultat intéressant.

— Tu as encore pris de l'axolotl?

Il baisse la tête, un peu honteux.

— Après l'histoire de l'appendice, je n'ai pas pu résister! Je voulais une nouvelle dent! Tu ne peux pas savoir comme c'est affreux d'avoir un

206

dentier.

— Mais pourquoi ça t'a fait vieillir? C'est ça que je ne comprends pas…

— Les drosophiles ne sont pas mortes à cause de la moisissure, dit Melvin. L'axolotl fait tout pousser plus vite, tu vois? Ça accélère la croissance.

Je pense à sa longue barbe et je dis lentement :

— Les mouches sont mortes de vieillesse.

— Exact.

La panique me saisit.

— Attends une minute! Est-ce que ça signifie que toi aussi, maintenant, tu vas mourir de vieillesse?

— Bien sûr que ça m'arrivera, dit-il. Un jour, sûrement, mais pas tout de suite, non, je ne pense pas.

— Et comment le sais-tu?

— Parce que les drosophiles ne vivent pas longtemps, tu vois. Perdre une semaine, pour elles, c'est l'équivalent de perdre vingt ans pour nous. Si je me fie à ce calcul, je devrais pouvoir durer au moins jusqu'à mes quatre-vingts ans.

— Et là, maintenant, tu as quel âge, à ton avis?

— Je n'ai pas d'arthrite. Pas mal aux articulations non plus. Je me sens comme je me sentais à la fin de la cinquantaine.

— Mais tu es chauve!

Melvin lève les yeux au ciel.

— Élise, je suis devenu chauve quand j'avais la trentaine. Être chauve n'a rien à voir avec l'âge, et tout à voir avec la génétique.

C'est drôle, la science. Ça peut vous rajeunir, vous faire vieillir, vous rendre chauve.

La porte du garage grince sur ses gonds. On entend la voiture de ma mère. Une minute plus tard, elle entre, une pizza dans les mains.

— Nous avons fini de démonter les décors en un temps record. Alors je me suis arrêtée pour prendre des pizz…

Elle voit Melvin, et s'immobilise la bouche ouverte.

La pizza tombe par terre et glisse hors de son carton.

— Papa! Tu es redevenu vieux!

— Merci de nous faire remarquer ce qui est évident. Quelle pizza avais-tu commandée?

demande-t-il en regardant le désastre.

— Euh... végétarienne, dit-elle.

— Ce n'est pas très grave, alors, conclut grand-papa.

Il prend les clés des mains de ma mère toujours pétrifiée et sort de la cuisine en lançant :

— Je t'emprunte ta voiture.

— Attends! crie maman. Où vas-tu?

— Chercher une autre pizza, dit grand-papa. Une vraie, cette fois. Avec du pepperoni.

La porte claque. Il est parti.

Ma mère regarde la pizza, puis elle relève la tête vers moi et hoche la tête.

*

La première chose que fait grand-papa, c'est acheter une nouvelle voiture.

Ou, plus exactement, une *vieille* voiture.

— Qu'est-ce que tu en dis? me demande-t-il avec fierté. C'est une Ford Thunderbird 1955, le modèle bleu piscine.

C'est une décapotable bleu pâle avec de gros phares ronds à l'arrière et des roues cerclées de blanc.

Nous restons plantés devant le garage pour l'admirer. Je demande :

— C'est exactement la voiture que tu as toujours rêvé d'avoir, n'est-ce pas?

— Est-ce que cette... chose a des coussins de sécurité gonflables, au moins? demande ma mère.

— Elle a un moteur huit cylindres! répond grand-papa. Allez, montez, on va l'essayer.

Quand nous arrivons sur l'autoroute, grand-papa appuie sur l'accélérateur.

— Voyons un peu ce que la bête a dans le ventre, murmure-t-il avec un éclat dans les yeux que je ne connaissais pas.

— Papa, dit ma mère, va doucement.

Mais il enfonce le pied sur l'accélérateur et nous filons sur l'autoroute. Les gens nous font des signes amicaux quand nous les dépassons. La voiture se remarque de loin.

Elle se remarque peut-être un peu *trop*.

Un instant plus tard, j'entends une sirène. Derrière nous, une voiture de police a mis son gyrophare et nous enjoint de nous ranger sur le bas-côté. Une fois que nous sommes arrêtés, le policier vient vers nous et s'arrête côté conducteur, à la hauteur de grand-papa.

— Vos papiers. Permis de conduire, assurance.

Grand-papa les lui tend sans un mot. Le policier regarde le permis, puis mon grand-père.

— Vous faites drôlement jeune pour soixante-dix-sept ans, monsieur Sagarsky, dit-il.

— J'ai de bons gènes, dit grand-papa.

— Monsieur, vous conduisiez à cent dix kilomètres à l'heure dans une zone limitée à quatre-vingt-dix. Et dans la voie réservée au covoiturage.

— Je suis désolé. Je pense que j'étais un peu trop enthousiaste. Je viens d'acheter cette voiture, vous voyez, monsieur.

Le policier examine la voiture.

— Huit cylindres, hein?

— Elle ronronne comme un chaton. Vous voulez l'essayer?

Ma mère se tape le front de la main.

*

Maintenant, je n'ai plus besoin de prendre le bus en sortant de cours : grand-papa vient me chercher avec Big Betty. C'est comme ça qu'il a baptisé sa voiture. En général, nous allons prendre une collation au petit café à côté. Une chose qui n'a pas changé chez mon grand-père, c'est son appétit.

Assise en face de lui, je le regarde dévorer son triple club sandwich à la dinde, son sandwich aux boulettes de viande et sa chaudrée de palourdes, suivis d'une part de tarte à la noix de coco et d'un café noir.

— Cette tarte est délicieuse, me dit-il en poussant son assiette dans ma direction. Tu devrais y goûter!

Maintenant qu'il est redevenu lui-même, il paraît plus léger, plus heureux.

— Ça te plaît d'être vieux?

— Ça me va très bien, dit grand-papa en haussant les épaules. À vrai dire, ça ne me réjouissait pas vraiment de repasser des examens.

— Bonjour, Élise, fait une voix derrière moi.

Je me retourne : c'est Mme Barrymore, notre bibliothécaire. C'est toujours un peu bizarre de voir les enseignants en dehors de l'école.

Le regard de Mme Barrymore se pose sur grand-papa.

— Je vous présente mon grand-père, le Dr Sagarsky, dis-je. Grand-papa, madame Barrymore. Elle est la bibliothécaire de l'école.

Grand-papa se lève pour lui serrer la main.

— Très heureux de vous rencontrer. Mon petit-fils Melvin m'a beaucoup parlé de vous. Il vous a énormément appréciée.

— Et je l'apprécie beaucoup aussi. Comment va-t-il?

Ma mère a annoncé à tout l'établissement que son « neveu » était reparti vivre à Fresno.

— Oh, euh... Il va très bien, merci.

— Il nous manque, vous savez.

Je vois mon grand-père qui... rougit?

— Et vous êtes en visite?

— Oh. Je viens de m'installer dans la région pour être plus proche de ma fille et d'Élise.

— Comme je vous comprends! Eh bien, je pense que nous allons nous croiser souvent, alors, dit Mme Barrymore.

— Oui, dit-il.

Elle jette un coup d'œil à son assiette.

— Et comment est la tarte à la noix de coco?

— Délicieuse. Je la recommande fortement.

— Il faudra que j'y goûte alors. Je dois me sauver, j'ai un rendez-vous. Je suis contente de t'avoir vue, Élise.

Je lui souris. Elle dit à grand-papa :

— N'oubliez pas de saluer Melvin de ma part quand vous le verrez.

— Je n'oublierai pas, dit-il.

Après son départ, grand-papa se tourne vers moi. Il a le teint un peu vert.

— Tu te sens bien?

— Je crois que j'ai besoin d'un antiacide, dit-il en regardant les assiettes vides. On dirait que mon estomac a vieilli aussi.

# Une comète

Le stationnement de l'école est comme un bocal plein de poissons rouges qui seraient tous en train de tourner en rond en cherchant la sortie. Je suis installée avec Raj après les cours, et j'attends grand-papa qui doit venir me chercher.

Je lui demande :

— Tu veux faire quelque chose samedi soir?

— Voir un film?

— Je veux voir une comète.

Il lève un sourcil.

— Une comète?

Je lui raconte comment je suis devenue obsédée par Caroline Herschel. Je veux absolument voir une comète moi aussi.

— Pourquoi pas? Ça semble cool, dit Raj.

Grand-papa se dirige vers nous en secouant la tête.

— Cet endroit sent « la puberté », dit-il.

En apercevant Raj, il écarquille les yeux.

— Tu t'es teint les cheveux en bleu!

— Ça vous plaît? demande Raj.

— Au moins, ce n'est pas une teinture permanente...

Il nous dépasse et entre dans l'école.

— Hé! attends! Qu'est-ce que tu fais? Je croyais que tu me ramenais à la maison?

Melvin me montre un livre qu'il tient à la main, *Ne tirez pas sur l'oiseau moqueur.*

— Il faut que je rapporte ça à la bibliothèque. J'en ai pour une minute.

— Moi aussi je dois y aller, annonce Raj. J'ai club d'échecs.

Je reste seule. En attendant, je joue avec

une version démo du nouveau jeu de Ben sur mon téléphone. C'est mignon, et j'avoue que le personnage féminin ressemble pas mal à ma mère.

Je suis tellement captivée par le jeu que lorsque je relève les yeux, je m'aperçois que j'attends dans le stationnement depuis une demi-heure. Combien de temps faut-il pour rendre un livre de bibliothèque?

Je décide d'aller chercher mon grand-père.

Quand j'entre dans la bibliothèque, je le vois assis à une table en face de Mme Barrymore. Le livre est posé entre eux. Elle dit quelque chose et il sourit.

C'est étrange. Au naturel, le visage de grand-papa est plutôt renfrogné. Mais là, il se passe quelque chose.

Ce sourire le transforme complètement.

*

— Alors, c'était comment, votre séance d'observation des comètes? me demande maman.

— On n'en a pas vu une seule.

C'était un peu décevant. Les comètes ne sont pas comme des étoiles, il paraît. Elles sont rares.

On ne les voit que de temps en temps, et seulement
à condition de se trouver au bon endroit au bon
moment. Et même dans ce cas, elles peuvent être
difficiles à distinguer.

Ma mère tient à bout de bras une chemise de
grand-papa.

— Au moins, il n'a pas besoin d'acheter une
nouvelle garde-robe, remarque-t-elle en riant.
Jeune ou vieux, il s'est toujours habillé en vieux.

— Tu crois qu'il va finir par faire sa lessive
tout seul, au lieu de glisser ses affaires avec les
nôtres dans le linge sale?

— J'imagine que oui, dit-elle. Il va s'installer
dans son propre appartement. Il me l'a annoncé
hier soir.

— Quoi? Mais pourquoi?

Ma mère me regarde.

— Ben revient pour de bon dans trois semaines.
Ton grand-père trouve que c'est le moment d'avoir
sa propre chambre.

Je ne suis pas sûre que ça me plaise, tout ça.

— Mais il va habiter où?

— Il restera dans les environs.

— Il va me manquer quand il ne sera plus là.

— Il ne me manquera pas, à moi. Je veux récupérer mon espace.

Je la regarde.

— Mais moi, je veux le voir.

— Tu pourras continuer à le voir autant que tu voudras, ma chérie, me dit maman d'une voix douce. C'est un adulte, maintenant. Il est temps pour lui de s'installer, de voir ce qu'il veut faire de sa vie.

Mais je me demande. Est-ce qu'on sait jamais ce qu'on veut faire de sa vie?

\*

Le nouvel appartement de grand-papa n'a qu'une seule chambre, mais il l'adore.

— Je vais peut-être adopter un animal, me dit-il.

— Un chat? dis-je.

— Ou un rat? Les rats sont des animaux intéressants, très intelligents, tu sais.

Nous l'aidons à emballer ses affaires, ma mère et moi.

— J'ai un peu l'impression de t'envoyer à

219

l'université, avoue ma mère.

Le jour de son déménagement, nous chargeons les cartons dans la fourgonnette de maman et nous nous rendons jusqu'à son appartement. Les parquets en bois cirés sont jolis, l'endroit est lumineux et les murs ont été repeints à neuf. Il a acheté un sofa, une table basse, une table de cuisine et un ensemble de chambre à coucher.

— C'est vraiment bien, papa, dit maman.

Nous passons l'après-midi à déballer ses livres et à assembler les bibliothèques. Maman découvre, incrédule, qu'il n'a acheté aucun nettoyant ménager, alors elle sort faire l'épicerie.

Je range les romans à l'eau de rose de ma grand-mère sur une tablette. Grand-papa pose sa photo de mariage à côté. C'est mignon. Je lui demande :

— Qu'est-ce que tu vas faire maintenant?

Il sait que je parle de sa vie.

— Je ne suis pas sûr de continuer à faire de la recherche. J'ai pensé plutôt à l'enseignement.

— En huitième année?

— Même si on me payait un million de dollars,

je n'enseignerais pas à des élèves de huitième année.

Moi non plus.

— Les classes de neuvième à douzième année me semblent plus adaptées, dit-il.

— Je pense que tu ferais un enseignant formidable.

— Tu as toujours été ma meilleure élève, me dit-il tendrement.

Je prends *Sables brûlants*.

— Je peux te l'emprunter?

— Bien sûr. Mais ne va pas t'imaginer que c'est une bonne idée d'aller fuguer pour retrouver un cheik dans le désert.

\*

Grand-papa a toujours une excuse pour faire un détour par la bibliothèque quand il vient me chercher à l'école. Il doit apporter à Mme Barrymore un livre qu'il pense qu'elle aimerait... ou un sac de bonbons à la menthe à l'ancienne.

Aujourd'hui, il lui apporte une plume qu'il a trouvée en se promenant. Ils se sont penchés tous les deux pendant un temps fou sur des livres d'ornithologie, pour essayer de repérer à quel oiseau appartenait la plume.

Et je comprends enfin : mon grand-père flirte avec elle.

Sur le chemin du retour, il sifflote. Quand il s'arrête devant la porte de notre garage, je me tourne vers lui.

— Est-ce que Mme Barrymore te plaît?

— Oh. Euh... Éléonore est tout à fait charmante.

— Tu devrais lui proposer de sortir quelque part.

Le visage de grand-papa pâlit.

— Sortir? Je... Je ne peux pas faire ça.

— Et pourquoi pas?

— Mais parce que... parce que...

— Tu m'as toujours dit que c'était important de faire des expériences.

— Mais, ça... Ce n'est *pas pareil* du tout!

— Et puis ça ne sera peut-être pas si terrible que ça, de lui demander. Regarde ce qui s'est passé pour moi, avec les champignons.

— Mais qu'est-ce que tu racontes?

— Je n'aimais pas les champignons les deux premières fois où j'en ai goûté, j'avais horreur de ça. Et la troisième fois, quand j'ai mangé des lasagnes végétariennes, j'ai trouvé ça délicieux.

— Tu es en train de me dire que tu compares ma... *ma vie* avec des champignons?

Je le regarde sans répondre un moment, puis je chuchote :

— Et je crois que tu lui plais, aussi.

Il s'accroche au volant.

— Mais si ça ne marche pas?

— Et si ça marche? Et si Mme Barrymore était comme une comète?

Il a l'air complètement perdu.

— Une comète?

— Rare. Les comètes ne se montrent pas souvent, rappelle-toi.

Nous restons assis tous les deux en silence.

— Tu sais quoi? Tu sais bien des choses, pour une fille de ton âge.

Je lui fais un grand sourire.

— Je dois tenir ça de mon grand-père. Il a deux doctorats.

# L'expérience

Mme Barrymore dit qu'elle aimerait beaucoup dîner avec grand-papa.

Mais la veille de la date prévue, il débarque chez nous dans un état de grande agitation.

Raj et moi faisons nos devoirs sur la table de la cuisine en dégustant ma dernière création : une quiche aux champignons et aux épinards. Le tofu, c'est fini. Et malgré tout ce qui nous est arrivé à Raj et moi, nous nous complétons parfaitement en ce qui concerne la quiche.

Nous regardons grand-papa arpenter la cuisine.

— C'est épuisant! s'écrie-t-il. De quoi allons-nous parler? La dernière fois que j'ai invité une inconnue au restaurant, j'avais encore des cheveux!

— D'habitude, vous parlez de quoi? demande Raj.

— Eh bien, ces derniers temps, nous parlions des moucherolles.

— Qu'est-ce que c'est les moucherolles?

— C'est un oiseau.

— Alors, c'est facile, intervient Raj. Vous n'avez qu'à parler d'oiseaux.

— On ne peut pas parler d'oiseaux pendant deux heures! Ça va être un désastre, je le sens, gémit grand-papa en regardant ses chaussures.

Décidément, on peut être intimidé à tout âge par l'idée d'un rendez-vous.

— J'ai une idée! Et si on venait aussi, Raj et moi?

— Au restaurant? Avec nous?

— Mais oui! Plus de gens, moins de pression,

tu vois? Les choses sont plus simples quand on est en groupe.

Son visage s'éclaire.

— C'est une excellente idée. Merci.

Je lui fais un grand sourire.

— Et maintenant, dit-il, il ne me reste plus qu'un problème à régler.

— Lequel?

Il fronce les sourcils.

— Je ne sais absolument pas comment m'habiller.

*

Finalement, il choisit un costume bleu marin et un nœud papillon bordeaux.

— Très classe, Melvin, lui dit Raj.

— Tu ne trouves pas que j'en ai fait trop?

Je le rassure. Il a vraiment l'air nerveux.

— Mais non, et j'aime bien la pochette.

Nous allons au restaurant style années 1950. Quand Mme Barrymore entre, on voit tout de suite qu'elle aussi s'est habillée pour la circonstance. Elle porte une de ses robes rétro, parfaitement assortie au décor.

Grand-papa se lève pour lui présenter son siège, et attend qu'elle soit installée pour se rasseoir. C'est vieux jeu et charmant.

Mme Barrymore regarde autour d'elle, l'air ravi.

— Je voulais essayer ce restaurant depuis longtemps, dit-elle. Il paraît que les hamburgers sont très bons.

— Ne les prenez pas saignants, s'esclaffe Raj.

Grand-papa s'éclaircit la gorge.

— Je suis en train d'envisager de me lancer dans l'enseignement.

— Vraiment? Quelle excellente idée! s'écrie Mme Barrymore. Nous avons désespérément besoin d'enseignants dans les matières scientifiques.

— Et il a deux doctorats, dis-je pour préciser.

— Oh! Je suis très impressionnée! Je ne savais pas.

Je vois le visage de grand-papa devenir de plus en plus rouge. Bientôt, même son crâne chauve va être écarlate.

Nous examinons le menu.

— Je crois que je vais prendre un lait malté au chocolat, dis-je.

— Ils ont des laits maltés? demande notre bibliothécaire.

— Mais oui, répond Melvin.

Mme Barrymore pousse un petit cri ravi.

— Je n'ai pas goûté de lait malté depuis mon adolescence. Nous avions un ciné-parc dont c'était la spécialité.

— C'est dommage que nous n'ayons plus de ciné-parc, dit grand-papa.

— Qu'est-ce que c'est? demande Raj.

Grand-papa et Mme Barrymore se regardent, et éclatent de rire ensemble comme deux collégiens qui sont seuls à comprendre une blague. C'est peut-être ça, d'ailleurs. Ils sont peut-être comme Brianna et moi. Ces deux-là regrettaient de ne plus avoir quelqu'un avec qui *se rappeler* des choses.

Grand-papa se calme le premier; il m'explique.

— Un ciné-parc, c'est un cinéma en plein air. On allait là en voiture. On se garait devant un écran géant et on regardait le film.

— Tu regardes un film dans ta voiture? dis-je. Ça ne semble pas très confortable.

— Oh, c'était merveilleux! soupire Mme Barrymore. Il n'y a rien de tout à fait comparable au plaisir de regarder un film à la belle étoile.

Raj me regarde.

— Ils étaient bizarres, autrefois.

Les deux autres nous ignorent.

— Vous savez ce qui m'étonne le plus avec cette génération? demande grand-papa. Il n'y a plus de bonne musique.

— Je ne pourrais pas dire mieux. Est-ce qu'ils ont encore des instruments, d'ailleurs? Mes élèves me disent qu'ils font de la musique sur leurs ordinateurs.

Ils bavardent comme s'ils se connaissaient depuis toujours.

C'est alors que je comprends : la magie existe pour de vrai. Elle n'a simplement rien à voir avec les fées, les sorcières et les mages. La magie, c'est le hasard, l'inattendu. Comme de la moisissure dans une boîte de Pétri ou un chat roux qui ronronne.

Ou comme l'amour, peut-être.

*

Je lis tous les romans à l'eau de rose de ma grand-mère. On s'y habitue très vite, et on ne peut plus s'en passer. Je comprends maintenant pourquoi elle les aimait tant.

Mais je voudrais qu'on invente une nouvelle catégorie : les romans d'amitié. Ils auraient leur place à eux sur les rayonnages des librairies et des bibliothèques, comme la science-fiction ou l'histoire. On pourrait appeler ça amittérature ou amis-fiction.

Parce que l'amitié, c'est aussi important que l'amour. Avec un vrai ami, on peut avoir de mauvais jours. On peut dévorer un sac de croustilles barbecue. On peut même compter sur lui pour survivre aux années d'école secondaire.

Les amis existent dans toutes les catégories d'espèces et de genres, comme dans la nature. Il y a les meilleurs amis, comme Raj, et les amis d'enfance, comme Brianna, qui ont leur importance aussi. Avoir quelqu'un qui se souvient des biscuits en forme de lapins et des jeux à l'école maternelle, c'est précieux.

Et puis il y a les amis qui défient toute tentative de classification, comme mon grand-père. Je dirais même qu'il est une espèce à part, unique dans la nature : l'espèce *Favoritus personus* ou personne favorite.

Parce qu'il m'a appris que l'échec est une bonne chose et qu'en science, l'expérimentation est essentielle.

Et dans la vie aussi.

Voilà pourquoi je suis installée dans un fauteuil, chez la coiffeuse, pour me faire décolorer une mèche. Je ne suis toujours pas convaincue par le bleu, en revanche.

Je me suis décidée pour le rose.

# Note de l'auteure

J'ai toujours été fascinée par l'histoire de la pénicilline. Peut-être parce que je suis fille de médecin.

Mais j'aime aussi l'idée d'un scientifique découvrant accidentellement un médicament qui change le cours du monde moderne. Comme le dirait Melvin : quel résultat intéressant! De plus, Sir Alexander Fleming et moi avons beaucoup en commun. (Vous devriez voir le fouillis sur mon bureau!)

En faisant des recherches plus approfondies sur Fleming et sa «moisissure accidentelle», j'ai appris que cette découverte n'était que le début de l'histoire. En effet, même si Alexander Fleming a découvert le *Penicillium notatum* en 1928, cela a pris 14 ans et le travail acharné de nombreux autres scientifiques pour le transformer en antibiotique. La pénicilline a été utilisée avec succès pour traiter un patient en 1942. En 1945, Alexander Fleming a partagé le prix Nobel de physiologie ou médecine avec Howard Florey et Ernst Chain. Un spécimen préservé de la «moisissure» de Fleming est encore exposé au musée des sciences de Londres, en Angleterre.

La vraie leçon de la pénicilline pourrait être que le succès — comme la vie — est un mélange d'efforts, d'échecs et peut-être même d'un peu de magie.

Alors, soyez aventureux comme des scientifiques. Essayez des choses nouvelles. N'ayez pas peur de faire des erreurs : ça fait partie du processus de découverte.

Et soyez toujours à la recherche de l'inattendu dans le monde qui vous entoure.

# Remerciements

Je remercie chaleureusement mon éditrice, Michelle Nagler, qui me laisser continuer à expérimenter. Merci aussi à Shannon Rosa, qui m'a appris à chercher des champignons.

# La galerie des scientifiques de Melise

## James Carroll et Jesse Lazear

JAMES CARROLL A VÉCU de 1854 à 1907

JESSE LAZEAR A VÉCU de 1866 à 1900

LIEU DE NAISSANCE DE JAMES CARROLL :
Woolwich, en Angleterre

LIEU DE NAISSANCE DE JESSE LAZEAR :
Baltimore, dans le Maryland, aux États-Unis

# INTÉRÊTS SCIENTIFIQUES : Bactériologie, virologie

## RÉUSSITES LES PLUS REMARQUABLES :

La fièvre jaune était une maladie mortelle. Carroll et Lazear étaient tous les deux médecins à la Commission sur la fièvre jaune de l'armée américaine. Une hypothèse connue sous le nom de théorie des moustiques suggérait que la fièvre jaune pouvait être propagée par les insectes. Carroll et Lazear se sont délibérément fait piquer par un moustique infecté, et ils ont contracté la maladie. Carroll a guéri, mais son cœur est resté sérieusement affaibli. Lazear est mort de la fièvre jaune.

INVENTION : Ils ont démontré que la fièvre jaune se transmettait par les piqûres de moustiques.

CITATION DE CARROLL : « Quatre jours plus tard, j'avais de la fièvre, et le lendemain on me transportait au camp d'isolation en tant que patient atteint de la fièvre jaune. »

CITATION DE LAZEAR : « Je crois, pour ma part, que je suis sur la trace du germe originel. »

# Alexander Fleming

A VÉCU de 1881 à 1955

LIEU DE NAISSANCE : Ayrshire, en Écosse

ENFANCE : Les parents de Flemming étaient des fermiers, et il appréciait la nature.

INTÉRÊTS SCIENTIFIQUES : Bactériologie, immunologie

RÉUSSITES LES PLUS REMARQUABLES : Flemming a découvert le premier vrai antibiotique, la pénicilline. Il a remarqué qu'une moisissure arrêtait la croissance de bactéries dans une boîte de Pétri. À l'origine, il a appelé la substance « jus de moisi ». Pour cette découverte, il a partagé le prix Nobel de physiologie ou médecine.

INVENTION : Découverte de la pénicilline

CITATION : « Je n'avais vraiment pas l'intention de révolutionner le monde en inventant le premier antibiotique, ou tueur de bactéries. Mais je suppose que c'est ce qui est arrivé. »

# Caroline Herschel

A VÉCU de 1750 à 1848

LIEU DE NAISSANCE : Hanovre, en Allemagne

ENFANCE : Caroline était chanteuse, et son
frère William était musicien. Ils faisaient souvent
de la musique ensemble.

INTÉRÊTS SCIENTIFIQUES : Astronomie

RÉUSSITES LES PLUS REMARQUABLES :
Caroline, qui a quitté l'Allemagne pour s'établir
en Angleterre en 1772, a commencé sa carrière
comme assistante de son frère William qui
était astronome. Elle est devenue la première
femme à découvrir une comète. Caroline a
également été la première femme astronome
professionnelle, ce qui signifie qu'elle touchait un
salaire. Elle a reçu la médaille d'or de la Société
royale d'astronomie.

INVENTION : Elle a découvert les comètes
et a établi un catalogue des étoiles et des
nébuleuses.

CITATION : « Ce soir, j'ai vu un objet qui demain,
je crois, se traduira par une comète. »

# William Herschel

A VÉCU de 1738 à 1822

LIEU DE NAISSANCE : Hanovre, en Allemagne

ENFANCE : William était le fils d'un musicien. Il savait jouer du hautbois, de la harpe, du violon et de l'orgue.

INTÉRÊTS SCIENTIFIQUES : Astronomie

RÉUSSITES LES PLUS REMARQUABLES :
Après s'être établi en Angleterre, William a
construit ses propres télescopes pour pouvoir
observer le ciel. Il a découvert la planète Uranus.
Grâce à cette découverte, il a été fait chevalier
par le roi George III qui l'a nommé astronome
de la Cour. Avec l'aide de sa sœur Caroline, il a
répertorié plus de 2 500 nébuleuses et amas
stellaires.

INVENTION : Découverte d'Uranus

CITATION : « J'ai regardé plus loin que
quiconque dans l'espace. J'ai observé des étoiles
dont la lumière, cela peut être prouvé, doit
mettre deux millions d'années pour atteindre la
Terre. »

# Antonie van Leeuwenhoek

A VÉCU de 1632 à 1723

LIEU DE NAISSANCE : Delft, aux Pays-Bas

ENFANCE : L'enfance d'Antonie van Leeuwenhoek a été dure. Il a perdu son père très jeune et a été envoyé en pension aussitôt.

**INTÉRÊTS SCIENTIFIQUES** : Microbiologie, microscopie

**RÉUSSITES LES PLUS REMARQUABLES** :
Connu comme le père de la microbiologie, Antonie van Leeuwenhoek a été la première personne au monde à observer le monde microscopique. Il a construit des microscopes puissants pour étudier les micro-organismes, comme les bactéries par exemple, qu'il appelait « animalcules. »

**INVENTION** : Découverte et observation du monde microscopique

**CITATION** : « Chaque fois que j'ai découvert quelque chose de remarquable, j'ai considéré que c'était mon devoir de le coucher sur papier, de façon à ce que toute personne ingénieuse puisse en être informée. »

## Carolus Linnaeus

A VÉCU de 1707 à 1788

LIEU DE NAISSANCE : Råshult, en Suède

ENFANCE : Carolus n'aimait pas l'étude et il préférait observer les plantes.

INTÉRÊTS SCIENTIFIQUES : Botanique, zoologie

RÉUSSITES LES PLUS REMARQUABLES :
Carolus a créé un système formel d'identification et de classification du monde naturel. Il a établi une structure uniforme pour nommer les objets naturels.

INVENTION : Il a créé le système taxonomique de nomenclature à double nom.

CITATION : « Si l'on ne sait pas comment appeler les choses, la connaissance de ces choses est perdue. »

# Au sujet de l'auteure

Jennifer L. Holm a grandi dans une famille axée sur la médecine. Son père était pédiatre et sa mère, infirmière pédiatrique. Il n'était pas rare pour Jennifer, d'ouvrir la porte du réfrigérateur et d'y trouver des boîtes de Pétri et des gélules de sang que son père gardait pour cultiver des bactéries. Elle a entendu de nombreuses conversations sur les bienfaits des antibiotiques, sur Jonas Salk et sur tout ce que la science pouvait changer dans le monde.

Aujourd'hui, Jennifer est une auteure à succès classée au palmarès du *New York Times,* qui a remporté trois *Newbery Honor Books*. Elle est la créatrice de la collection *Mini-Souris* (gagnante du prix Eisner) qu'elle réalise avec son frère Matthew Holm.